없어져가는 것들에 대하여

없어져가는
것들에 대하여

김경옥

책뜨락

인생에 의미를 두는 작업이라 강조하며
고래를 춤추게 했던 홍 학장님.
시를 업으로 삼는 사람들 시집 골라다주며
훈수 두던 이 선생님.
'재미나다 또 보내줘' 하시던 선배님.
'나는 네 시의 팬이다'라고 한 친구.
랩톱컴퓨터까지 사다주며 격려하던 진향이.
그리고 어깨 너머 보며 '할매가 열공하네' 하던 시백 선생.

무엇보다 노년 짐 지우지 않고 자유로운 영혼으로 살게
해준 아들, 딸 그리고 예쁜 손녀들……
모두가 이 시집을 엮게 된 계기다.

시집의 변

시인도 많고 시집도 많다. 그러나 시를 읽는 사람도 더욱이 시집을 사는 사람은 많지 않다. 기껏 저 혼자 끄적이고 책 엮는다. 나 역시 그러하다. 허구와 달리 내 마음을 드러내 보이는 일이라 민망한 기분만은 고백하지 않을 수 없다.

시인들은 남의 좋은 시를 외우고 베껴 써보기도 했다고 많이 고백한다. 나는 많은 시를 읽지도 외우지도 더더욱 따라 써보지도 않았다. 굳이 시작詩作을 배워야 하는 번거로움마저 버렸다. 일흔을 바라보는 나이는 할 말이 너무 많은 탓이다. 나만의 언어로 자유롭고 싶었다.

진사도는 당나라 시인 두보에 대해 '시를 잘 지으려고 하면 잘 지어지지 않는다. 두보는 기묘함과 일상, 참신과 진부가 모두 좋지 않은 것이 없다'고 극찬했다. 송나라 문인 구양수는 '시인들이 좋은 구절 찾기에만 매달려 의미가 통하지 않는 것도 병폐다'라고 시인들을 꼬집었다. 다산 정약용 선생은 '시가 시대의 아픔을 외면하면 시가 아니다'라고 했다. 시에 대한 이분들의 말씀을 깊이 묵상하게 된다. 시의 이력이 일천하여 제대로 된 시를 쓰자면 30년쯤 걸리겠으나 재 넘어가는 나이에 그 시간을 기다릴 수 없어 등단 4년 만에 시편을 묶었다. 인생을 공수하듯 주위를 풀었고 내 뜻한 바를 눈치 못 챌까 소상한 표현은 나이 탓이라 생각한다.

나이가 든다는 것은 세상 물리가 좀 트인다는 의미에서 철든다는 것인데 적정한 연륜에 이르지 않고서는 깨우치지 못하는 점이 있다. 젊은 날 나이 드신 분들의 유야무야한 것 같은 말씀이 마음에 들지 않았지만 지금은 진리란 생각이 든다. 젊은이들도 내 나이에 이르면 공감할 수 있을 것이다. 살아 보면 별것 아닌 일로 힘을 뺐다고 생각하게 된다. 탈고했다는 말은 할 수가 없다. 읽어보면 무언가 부족한데 딱히 어떻게 바로잡으면 좋을지 시력詩歷이 짧아 유려치 못한 아쉬움이 남는다. 끝이 없는 탈고는 인생처럼 내 시도 습작이라는 것을, 존재의 본질은 살아 있음의 증명 같아 감히 용기를 내보았다. 무심한 세월에 얹혀 흘러갈 일을 굳이 붙들어 정리해보는 것은 무슨 심사인지 아리송한 일이다. 거저 읽어본 주위 사람의 재미나다, 공감한다, 슬프다 하는 정서의 표현이 용기를 준 셈이다.

파랑새가 있을까, 내 안의 파랑새는 두고 산 넘어 파랑새만 좇으니 늘 고달프다.

삶의 궤적으로 치면 꽤나 많이 돌고 돌아왔다. 사람은

모두 외로운 존재다. 내가 쓴 글이 누군가가 위로를 얻으면 서로 덜 외로울까? 불경, 성경 언저리를 넘나들며 들은 몇 마디 가슴에 새기며 그 말씀들 사모하고 품는다. 심층에 이르면 신의 말씀, 인간의 말씀이 일치함이 있어 신기하다. 피조물이라 그러한가, 기억에서 건져 올려 시공을 초월하여 쓴 글도 있다. 특별한 관심사를 두고 천착해 왔던 대상이 없었으니 모든 현상과 사물이 글의 대상이었다. 단지 사회에 대한 관심은 좋은 사회를 위해 조금도 일조하지 못한 때늦은 자성 때문이다. 벌거벗은 진솔한 모습 가리지 않고 드러내놓는다. 나이가 들면 부끄러움을 모르는 것이 부끄럽다. 모두가 조금은 더 행복하고 조금은 덜 외로웠으면 하는 바람이다.

2015년 4월
김경옥

차례

1부
마른 풀 없애지 마라

마른 풀 없애지 마라

가을 끝자락에 형해만 남은
풀무덤

마른 덤불처럼 힘없이
바스라질 것 같은

봄 오는 소리 듣고 서서히 잠 깨어
초록물이 벙그레진다

사이사이 마른 잎줄기 속으로 힘차게
봄이 오른다

마른 풀 없애지 마라
겨울 위해 온전히 몸과 마음 비운 그를
죽었다 하지도 마라

고도 윈난성 홍토지

붉은빛 홍토 흙으로
사람과 자연이 함께 그림을 그리는 곳이 있다

갈래 많은 빨간색과 초록으로
환상적인 풍광을 그려내는 그들은
가래와 곡괭이 들고
추상과 구상을 넘나들며 엮고 있다

멀리서 보고 앞에서 잴 것도 없이
그냥 쓱쓱 그린다
온몸 젖어가며

돌 반 자갈 반인 밭을 일구며
미처 들어내기 힘든 돌무덤 사이사이 누비며
옥수수 심는다

남루를 남루라 여기지 않고
불편이 불편하지 않는

그들은

도시 여행자가 감탄하는 것을
못내 이해할 수 없어
다시 목을 떨구고 돌 사이를 헤집고 있다

보지 않고 말로 옮길 수 없는 흙토지

그곳이 얼마나 아름다운지
여행자만 알고 그들은 모른다
다만, 자연의 한 부분일 뿐

고이 鯉

아름다운 관상어

고이는 어항에서는 오센티 내외로 자라고

연못에서는 이십오센티 정도로

강에서는 일미터 넘게 자란다

물마다 달리 크는 고이

고이 자신은 과연 어느 물에 살고 싶을까

접시 물에도 살까 궁금하다

곰배령

잠자리 바뀐 이른 아침
창문 밖을 보니
산은 아침잠 깊어 캄캄하다

돌돌돌 개울물 소리 있어
따라 나갔더니
산은 벌써 깨어
기지개 늘어지게 켜고 있다

늦잠에 잠긴 회색 하늘
하현달이 샛별 거느리고
하늘 항해 중이다
천천히 천천히
동쪽 해 마중하러 가고 있나

곰배령 아름다운 단풍
가을 색으로 단장하고
배시시 웃고 있다

낮달

늦은 아침 인왕산 길
느닷없이 운무 속에 낮달이 떴다

해를 찾으니 없다
낮인가 밤인가

나무도 사람도 얼핏 설핏
나타났다 잠겼다 한다

멀리 서울 탑은 공중부양한 채 탑신만 떴다
잡힐 듯 말 듯 안산도 안개 속에 숨죽이고

해골바위 선바위 거느리고
서울 성곽만 기세 좋게
인왕산을 기어오르는데

해가 된 낮달
낮달이 된 해

해를 달로 착각하고 한동안 서성인다

내 마음 은행잎 되어

샛노란 은행나무

노랑나비 되어 우수수 날리고
노랑비 되어 후두둑 떨어진다

견고한 담 사이에 주우욱 뻗은
은행나무 가로수 길

자주색 바바리 풀어헤치고
회색빛 머플러 아무렇게나 날리며

한가슴 가득 은행잎 품어서
공중으로 날린다

가만히 은행잎 침대에 누워
튕길 듯 푸른 하늘 잠기고 싶다

풍성하게 쌓인 은행잎

무더기로 흩날리며
은행공기 실컷 마셨다 토해낸다

팽그르르 원을 그리며 춤을 춘다
노랑 물 너무 마셔 취해버렸나

아!
멀리서 내 꼴을 카메라 셔터 열심히
누르는 남자가……

달빛 참선

바위 위에 얹힌 엉덩이는
등줄기를 타고 느리게 냉기를 전해오고

상수리 가지에 걸린 달은
푸르게 빼문 청상을 닮아 있다

차가운 계곡 물소리 오장을 얼게 하고
정신은 얼얼하여

세상잡사 엉겼다 풀렸다 길 찾지 못한다

머리칼은 어둠과 추위로
곧추서고 허리는 점점 접어든다
어디선가 '따아악' 죽비 소리 들린다

묵언의 패찰 목에 걸고
나를 찾아 떠나는
영혼의 여행

나는 누구인가
어디서 와서 어디로 가는가

살면서 맺은 우연한 인연들은
왜 명징한 관계가 되지 못하는가

뺨에 스치는 삽상한 밤공기
어디선가 눈 밝은 보살 나타나
멍들고 갈라진 내 가슴 달래듯
언 손을 꼬옥 잡아줄 것 같다

두 계절로 사는 법

봄이 오니
화창한 날 입을 옷 필요하다
차일피일 미루다

곧장
여름 되어 봄옷 필요 없겠네

스산한 가을바람 부니
멋진 바바리 입고 싶다

오늘 내일 미루다
갑자기 쌀쌀해져
겨울옷 서둘러 꺼내 입겠네

여름 겨울 입성만 있으면
봄, 가을은
엉거주춤 지나간다

우물쭈물
계절 바뀌고
삶이 지나간다

인생길에 낙엽처럼 시나브로 떨어진
빚을 정리하자며
핑계만 대고 미적거린다

물건도 오래 지니다 보면 혼이 있는지
없애고 나면 한동안 마음이 아리다

두 계절도 한 계절 되었다가
아무것도 아는 것 없이

인생도 개기면 저 혼자 지나갈 터이지

레드 맹그로브 숲

집게발로 물 위를 걷듯
뿌리 내리는 늪지

레드 맹그로브 숲에는
붉은 새우가 살고

새는 그 새우를 먹고
붉은 홍학이 되어

플라멩코 춤을 춘다

벤치

인왕산 등산로 입구에
자그만 아리수 사업소가 있다

그 위 알 듯 모를 듯 삼각형의 작은 빈터

여섯 그루의 은행나무 아래 네 개의 나무 벤치
둔덕에는 금낭화, 기린초, 비비추, 나팔꽃 등
다투어 계절을 알린다.
꽃 잔디가 보료 되어 분홍빛으로 유혹하면 가던 길 멈춘다

벤치 위로 안산의 정수리가 보이고
아파트 단지들이 엎드린 사이
나무 십자가 달린 교회도 보인다

내 집 마당처럼 앉아서 하늘도 산도 땅도 본다
아무도 오지 않고
아무도 앉지 않고
아무도 눈여겨보지 않는

이곳이
내 마당이 된다

나무 벤치에 길게 누워 하늘을 본다
푸른 물이 쏟아질 것 같아 얼굴 가린다

늘씬하게 선 은행나무 잎들 바람과 속삭이고
갖가지 다른 풀벌레 소리 작은 합창이 된다

새들도 멋대로 날아다닌다
오늘은 검은 호랑나비도 왔네
우리는 모두 친구다
사람, 나무, 새, 벌레 그리고
눈에 보이는 모든 것

서로를 방해하지 않고
의식하지도 않고

조용한 자유에 하나 된

서로의 심장소리만 듣는다

보라카이의 추억

퇴색한 산호가루 흰 모래
끝없이 이어진 해안에

옥빛 바다가 담겨 있다
짙푸른 바닷물

한 움큼 떠 보니
손 갈퀴 사이로 옥빛은 빠지고

맹물만 남았다
옥빛은 어디로 갔을까

수평선 너머로 찾아보지만
끝내 찾을 수 없는

보라카이에서 옥빛 바닷물과
흰 산호와 숨바꼭질하는데

화려하고 장엄한 낙조가
안개처럼 내려앉고 있었다

봄 자리돔

이른 아침 자귀도에는 자리돔 떼가
단잠에서 깨어나 깜찍한 몸짓 살랑거리며
해장거리 찾아 수면 가까이 올라온다

영상에 붉게 나타난 자리돔 떼
사방에서 달려든 배들에 싸여
불시에 어장이 된다

모조리 잡히는 자리돔
조심조심 터질 듯 그물 들어 올려
까무끄름한 자리돔들 선창에 가득 토해놓는다
소쿠리에 가득가득 담기는 자리돔

노란색 자리돔은 뼈 세고 맛없다
다시 물에 던져진다
그 소란에서도 살아남는 놈이 있다

어쩔거나 어쩔거나 이 일을 어쩔거나

소금 철철 뿌려 붉은 숯불에 구워질지

작은 몸 육시로 갈래 되어

초장에 풍덩 담길지

온갖 양념 몸 따갑게 버무려져 자글자글 끓어질지

이도 저도 아니면

왕소금 범벅 되어 어둔 광에 갇힐지

불과 몇 분 사이 천당과 지옥을 오가는

운명 앞에 눈 감아버렸다

새끼 새

가녀린 나뭇가지 위

두 발도 못 올리고
위태, 위태
한 발은 떨고 서 있다

미열처럼 퍼지는 불안

떨어지면 죽을세라
이리 비뚤 저리 비뚤
무서워 벌벌거렸는데

바람에 떠밀려

어느새
나뭇가지를 벗어난 새는
멋지게 공중을 선회하고 있었다

성곽에 숨겨진 아우성

가슴에 도성을 품고
거위 꿈을 꾸며
산자락에 포복한 채
한가히
봄을 낚고 있다

그러나
삭신 저리는 아픔은
아무도
눈치 못 챈다

봄이면
살살
담쟁이 간질임도
기가 찬데

매번
땅 밑으로 옆구리로

치받고 들어와

복장 지르니 자리
지키기조차
힘겹다

어설픈 가지치기

하늘로 땅으로
심란하게 뻗은
봄 물오른 가지들

비탈에 선 나무처럼 성곽도
불편하고 불안하다

중정에 맺힌 속내
누구에게 하소연할까

송이 차

끝물 된 송이를 일일이
흙을 털고 다듬어
차를 만든다

따가운 가을볕에
어르고 달래며 품을 들이니
제풀에 시들고 하얗게 졸아든다

꼴은 별로지만
차맛이
진한 듯 은근하여
흐뭇하고 느긋하다

맑은 병에 갇혔다
차를 탈 때마다
자지러지게 터지는 향

말린 송이 노랗게 우린 물이

가만 가만
목젖을 타고 넘어간다

사각사각 쫄깃함이
바장이며 섬섬하게
입안을 채운다

아!
까맣게 웅크린
기억의 저쪽에
서성이던

잊지 못할 삽화들도
은밀한 호사에
나대지 않고 숨죽이네

수덕사의 새벽

법고각 아래 말없이
저두하여 섰다

지붕 위 시린 하현달
스님의 법고소리 기다린다

둥둥 드르륵 드르륵 두웅둥 드르륵
둥둥둥둥 드륵 드륵 딱 둥둥……

현란한 법고소리 은하수 되어
새벽하늘에 춤춘다

청춘도 학문도 정염도 모두 법고에 살라버리고
한판 거방지게 춤을 춘다

느렸다 빨라지고 부드러웠다 강해지고
사렸다가 풀어주고 다시 원만하게 그러다
느닷없이 법고의 정수리를 따악 친다

엉덩이는 실룩실룩 어깨는 우쭐우쭐
온몸이 가락을 탄다

허공에 노닐던 장삼 자락
뒤미쳐오는 박에 쫓겨 바삐
다음 가락으로 넘어간다

북채는 사바세계를 벗어나
법열의 무아경에 빠진다

별, 별, 별 온갖 사연 닮은
별들이 속삭인다

북두칠성 국자로 은하수 떠서
도반들 가슴에 담아주랴

여명에 비낀 새털구름 사이사이
법고가락 머물고

중생은 비로소 새벽잠을 날린다

수박

기인 담장에 들러붙은
붉은 찔레꽃
나른한 여름 오수에 기대어
심신을 뉘인다

뒤꼍 작두 샘 마중물에
가득 담긴 쪽빛 하늘
심심하니 잣아 올려
'풍덩' 수박을 담궜다

한 칸 툇마루
옹기종기 수박 앞에 숨죽인 아이들
무쇠 칼 대기도 전에
'쩌억' 벌어진다
행복이
축복처럼 퍼진다

유자낭

잘 익은 유자 골라
샛노란 겉껍질 얇디얇은 칼로
조심스레 벗긴다

여덟 조각 칼집 내어 밑동은 붙여두고
속살 모두 긁어낸다

밤채, 대추채, 석이채에 유자 살 저민 것에
한 방울 위스키가 정신을 쇄락灑落하게 한다

모조리 버무려 다시 유자에 채우고
꽁꽁 묶어
설탕 반 섞은 물에 담궈
달포를 맛 들인다

각기 한 개씩 맞춤한 통에 보관했다
귀한 손님 오시면
잘라서 방짜 유기에 시원하게 담아낸다

코끝에서 살며시 설레는 유자향과
곰삭은 속살이 혀끝에 달착지근 안긴다

으흠
후식으로 맛보며 잠시
사대부가의 빈객이 되어본다

이사 풍경

살다 수틀리면 보따리 싸서
옮기면 되리

이번에는 마포나루터에 앉아
한강 굽어보게 생겼는데
먼저 자리 차지한 사람들이
앞에 빽빽이 진을 쳐

사이사이 뚫린 곳으로
목 빼고 이들에게
신고식 눈으로 치른다

우측으로 밤섬이 한가롭게
누웠다 수상 스키족들이
철썩철썩 물을 치면
깜짝깜짝 놀라다
이내 잠에 빠져든다

서강대교 주욱 따라가면
왼쪽에 청동모 눌러쓴 국회의사당
질식할까 아웃복싱으로 들썩이고

왼쪽으로 살짝 내려오면
여의도의 간판스타
IFC가 중심에 우뚝 어미닭처럼
중소 빌딩들 거느리고 섰다

아뿔싸!
아파트 사이로 보이는 63빌딩
해가 서쪽으로 기울면
불기둥 되어 몸 떨리게 황홀하더라

마포대교 지나 한강철교 동작대교도 있다
역동적인 강변북로 조용할 때는 내 마음
주책없이 달린다

모든 것은 순간순간 다른 모습으로
볼 때마다 마음에 다른 그림 그려
새기기 바쁘더라

방방에서 보이는 남산의 서울탑
새벽녘이면 샛별이 무동 되어 놀더라
멀리 관악산도 병풍처럼 둘렀고

이 모든 것이 손바닥만한 베란다에 서면
비켜 비켜 눈에 들어온다

그렇다고 아주 안 보이는 것도 아니니
가히 얼추 명당이다
서울 상징물 품고 사는 이 몇이나 될까

속으로 마포 펜트하우스라 명명한다
친구들에게는 소박하게 콘도 있다 한다

장맛비

반갑지 않는 손님은
오늘도 어제처럼 또
내일도 오늘처럼
내린다

안개 같은 는개를 감미롭게 뿌렸다가
수틀린 듯 작달비로 내리꽂다가
기분 내키면 말짱 하늘도 보여준다

물세례 억수로 변하면 세상 시름 골 깊어
어쩔거나 어쩔거나 마음이 수수롭다

오달진 햇살이 모처럼
대지를 말리는데

물배 불러 해바라기 나온 지렁이 한 마리

어디서 냄새 맡고

개미 한 부대가 덮쳤다

머리부터 발끝까지 달라붙은 개미로
지렁이가 아닌
가-인 송충이가 되었다

꿈틀꿈틀
지렁이는
정신줄을 놓았다 붙들었다
몸부림친다

어디선가
쏴아 일시에 매미소리
소나기 되어 자지러진다

재두루미

황량한 마포대교 아래
좁은 바위 위태롭게 선
늙고 외로운 재두루미 한 마리

어디에도 무리는 보이지 않는데
외로 꼬며 무슨 생각 깊이 할까

막막한 강물
끝없이 굽어보고 있더니

드디어 살 궁리 났나
뒷다리로 힘차게 바위를 치며
날아오른다

제 몸보다 더 큰 두 날개
휘이 휘이 저으며

이른 아침 한강은 변함없이

소리 죽여 흐르고

철쭉

꽃이 곱다 하였더니
여기 피면 저기 지고
저기 피면 여기 진다

한차례
봄 가뭄 달래는 비가
세차게 내려 꽂히니

철쭉 꼴이
허무하게
흐트러졌다

수술 꽃대만 남아
하늘 향해 하늘거린다

후리지아

종로와 세종로가 만나는
대로변 손바닥 같은 자투리 땅
싱싱한 후리지아 세 박스 놓였다

'두 묶음에 삼천원'
박스 옆구리에 지익직 돌아가며 썼다
봄볕에 까맣게 찌든 사내
싸게 봄을 팔고 섰다

가로세로 열십자로
지나가는 사람들
무심하니
향기만
코 벌름거리며 간다

'나 좀 데려가 줘'
푸짐한 노랑 후리지아
얼른 한 묶음 사서 얼굴에 댄다

아! 달콤한 봄 냄새 죽인다

협재 구절초

구절초는
모두 하늘하늘 늘씬늘씬하다

제주도 협재 구절초는
다른 종인 양 한 뼘 키로
무시로 불어대는 바람에 웅크리고
비 내리치면 양 볼때기 퍼렇게 맞으며
다시 하늘하늘 웃으며 제자리 찾는다

단조로운 오름을 꾸미고
밭고랑 옆 옆에
달라붙어 힘찬 생명을 지탱한다

비슷한 나무들을
구절초
쑥부쟁이
벌개미취
그냥

들국화라 부르기도 하는데
구별하여 알았다가
금방
잊어버리기를 거듭하니
애매한 차이가 이게 무언가
늘 망설이게 된다

2부
촐랑대다 아작난다

촐랑대다 아작난다

어두일미라지만
횟감에는 머리를 쓰지 않는다

다만 장식일 뿐
넓은 바다 푸른 물을 위아래 휘저어 다니며

플랑크톤부터 새우, 고등어, 명태, 전갱이
모조리 작살내며 눈 부라리고 항시 입 벌리고 다니던
포식자

그도 어느 날
휘이익–
한 방의 낚시에 코가 꿰였다
할랑할랑 아가미로 숨 쉬며 두 눈 흡떠보지만
누구 겁내는 놈 없다

숫돌에 허옇게 갈린 회칼이 등줄기를 스칠 때
눈은 멀어버렸고, 자랑인 갑옷 껍질

저밀 때 아예 맥을 놓아버렸다
머리, 꼬리 두고 뼈 사이사이 살점 놓칠세라
후벼 파듯 발라서 얇게 포 떠 비늘처럼

날 세워 머리 밑부터 꼬리 앞까지
줄을 세웠다

꼬리가 '퍼드득'
사람들은 군침을 삼키며 진저리를 친다

상추에 깻잎 깔고 살 몇 점 얹어
초장, 된장, 고추냉이 간장에 듬뿍 찍어
생마늘, 풋고추 얹어 싸서

아구아구 벌린 입
미어지게 처넣는다

그의 살은

어금니 방아로 산산 떡이 되어
목젖을 타고 넘어간다
어생魚生은 촐랑대다가 한 방에 척살되어
남의 살이 된다

눈 내리는 새벽

사각사각
눈이 소리를 내는 것이
아닌데
마음이 그렇게 듣는다

나비처럼 멋진 공중제비
그리며
눈이 내린다

을씨년스런 삶의 지스러기
덮어버리며
눈이 내린다

성긴 구레나룻처럼
먼-데 산에 내린 눈

천지에 쌓인 흰 눈은
모두를 품을 만치

영혼을 고절하게 만든다

눈 사이 삐죽삐죽 내민
삶의 권태

얼른
지워버리고
회명에 쌓인
눈 세상

가슴 벅차게 바라본다

톤레사프 호수

끝이 보이지 않는
캄보디아 톤레사프 호수는
바다 냄새가 난다

황토빛 호숫물이 넘실넘실
파도타기를 하면
물위에 군락을 이룬
마을도 너울너울 춤을 춘다

아홉 구멍 들고 날 일을
호수는 무심히
받고 내놓는다

리엘로 만든 프라혹은
음식의 처음과 끝이다
물고기는 인간의 허기를 채운다

엉성한 수상가옥에는

학교, 신문사, 약국, 주유소…… 있을 건 다 있다
한글 간판을 단 선교교회도 반갑다

삶이 물 따라 출렁인다
큰 나뭇잎 같은 배를 타고
엄마는 갓난쟁이 옆구리에 끼고 노를 젓고
어린 아들은 이웃에서 따온 바나나를 판다

원 달라, 원 달라 가장이 된 소년의 삶에 절은 눈빛이
일렁이는 사람 사이를 집요하게 헤집고 든다

황톳물 몸에 싸여 40대의 수명을 사는 그곳은
200만의 생령을 앗은 킬링필드의 흔적이 있고

조상이 이룬
나라 이름보다 더 유명한
위대한 인류의 유적 앙코르와트 있다

집집에 차려진 힌두 불당은

신산한 삶이 신의 위로를 받고 있는 듯

가을 하늘

아파트 빌딩 숲
틈새로
들쭉날쭉
조각보 하늘이 보인다
실구름도 지나간다

아!
맑은 쪽빛의 바다
풍덩 빠져서
헤엄쳐가고 싶다
동해 고래는 날 반기기나 할까

대책 없이 혼자 나분대는 마음
지우개로 지울 수 있다면
얼마나 좋으랴

꿈

푸른 바다 옆구리에 끼고
무한대로 펼쳐진 하늘 보며 걷는다

바다는 철썩거리며
게걸스레 나를 쫓고

길게 늘어진 그림자
점점 길어져 종종걸음 친다

곧장 잡힐 듯 오금 저리게 하며
그림자는 나를 따라온다

왜 따라오는가 물어볼 수도
나 그림자 떼주오 부탁할 사람도 없다

산보삼아 걸은 길이 어디까지 와버렸는지
바다와 들판과 신작로가 맞붙어 있다

되잡아가니 내 그림자 없어졌다
나는 어디로 간 것일까

꿈이다
성긴 꿈 사이로 실체는 빠지고
그림자만 허우적거린다

은덕 문화원

1

아름다웠던 외장은 세월때 깊어
박락되고, 뒤틀려 참담한 와가瓦家
완장 찬 훈수 뒤로 접고

호법지기들 모여 불도량
이리저리 공구는 일로
땀과 눈물을 쏟아붓는다

새벽마다 올리는 정성
은연중 깨달아
숨었던 속살 가슴 벅차네

타고난 지혜 불심 맞나
칠기도장도 되고 기와장인 되어
세상 향한 일원 꽃 지성으로 피우니

갈고 닦는 마음공부

날마다 내려놓고 비우니
혼 들어가 모두 생명을 얻었다

2
창덕궁 담장 위로 솟은
수줍은 상현달 문화원 마당에
놀러와 제 집인 양 떠날 줄 모른다

계절마다 갖가지 야생화
담장 옆으로 벌 선 오죽
소소리 바람에 잎 떨고 선 소나무……

발자국 심심찮게
사각 사각 마사토
밟는 소리

추녀 끝에 달린 풍경

댕그랑 댕그랑
바람 밀어 적막을 깬다

하얀 가르마진
인고의 시간
환희심 강물 되어 흐르고
도량도 본래심으로 가꾸니
티끌도 자취 감추네
소박하고
진솔하여
더할 수 없는 순수함이여

번듯한 문화원 오는 이마다
낯가리지 않고 반기니
따뜻한 차 한 잔에 마음을 씻네

고독

고삐 풀린 말ᆯ처럼
지나가는 바람이 웃을 일을
자랑삼는 일은 지질하네

돌아오는 길에
홀로 곰곰 삭여본다

말들이 폴폴 먼지처럼
공중에 떠돌다
뚝뚝 떨어져
가슴에 꽂히네

고독은 언제나 사람 사이
간극으로 끼어 있어
사설로는 감당이 안 되는데

진정
외롭고 더욱 외로우면

본마음 흔들림 없이
자리 잡을 날 있겠지

달빛 아래서

깨동나무에서 꽃들이 하얀 별 되어
땅에 널브러져 으스스 떨고 있다

덩그러니 공중등이 된 달
구름은 지나가기만 하는데
달에 그림자 남긴다

나무는 가만가만
바람이 지나가며 속살거리니
끼들끼들 웃는다

한 방울 이슬 같은 목숨
세상 사연 다 거두고
잊혀진다

비울수록 맑아지고
가벼울수록
홀가분한 여행된다

조금 있으면 깨동나무에도 씨방 맺을 시간
바람이 가지에 걸렸다 힘없이 떨어진다

러브 호텔

절뚝거리는 큰딸
어둔한 아버지는
멀쩡한 막내딸 믿고
광화문 어딘가 예식장 찾아
하룻밤 묵을 요량을 했다

택시를 탔다 큰 호텔은 기죽어
겨우 찾은 love hotel

기묘한 모습의 삼인조 출현에
주인은 뜨악한 표정이다
"우린 낮에는 시간제로 받는데……"
하며 방 한 개가 비었단다

그때 잽싸게 새치기한 중년의 남녀
배추 잎 두 장 손가락 끝에 팔랑이며
"잠깐 한 시간만 먼저 빌립시다"
재빨리 돈 받아 챙긴 아주머니

"여기 앞에 가서 커피 한 잔씩들 하고 오세요"

황당한 시골 사람들
택시 타고 강북 친척집으로 가며
뒷간 가듯 사랑이 마려울 때 가는 곳이
러브호텔이구나
큰 것 알았다는 듯 고개를 끄덕인다

서당 풍경

공부도 다하고
일도 마치고

일하던 버릇, 나가던 버릇, 배우던 버릇
못 버려

갈아 끼울 수도 없는 부속 같은
덤덤지기 배웅받으며
어깨 펴고
흰 머리칼 폴폴 날리며 서당에 간다

스승도 제자도 신식이다

대학, 시경, 삼국사기, 한서, 정약용 시론 등
핵심만 묶어서 읽고 풀고 논다

머리에 선인들의 말귀 이리저리 박히며
거꾸로 섰다 바로 섰다 자리 잡아간다

글줄 쓸 단초도 잡고
한 줄 거나하게 뽑을 문장도 익히고
모두 주인공 되어보는 백가쟁명 시간

회초리 들지 않아도 예습 복습에 정성을 들인다

공부 마치며 왁자지껄
그날 공부한 양 만큼 뒤풀이 따른다
젊은 스승은 늙은 제자의 말에 한껏 귀 기울이는데

누군가 슬그머니 갖다둔
막걸리와 홍어회
한 순배 돌리고 불콰한
기분으로 귀가 길이 느슨해진다

선물

보자기에 싸여
부직포 가방에 넣어져
멋진 종이상자 속에 든
스티로폼 박스 열어
뭔가 했더니
얼린 실리콘 덩어리 또 덮여 있다

싸이고 싸여 오신 귀하신 몸
비로소 우리 얼굴 마주 본다

눈만 붙어 어미 따라가는
새끼들 비닐 꽈배기에
줄줄이 엮이어 젖은 눈
숨죽이고 나란히 누웠다

명색 석어 닮은 것은 모조리
영광으로 모이는지
그곳 출신이라

당당하고 크게 써 붙였다

널, 대체 어쩌면 좋아……
연민과 잔인이 도모한
은밀한 결단도 모른 채

죄 없는 저희끼리 뭔가 속삭이며
민망한 얼굴로 서로의
맨살 꼬며
부끄러워한다

시내산과 별

늙은 낙타 등에 올라
시적시적 거칠고 황량한 한 시내산 오른다
사위가 어둠에 묻히니 별 더욱 가깝다
은총으로 쏟아지는 머리 위 보석들
검고 넓은 하늘에 흩뿌려 놓았다

하늘에 뜬 별들은 갖가지 모습으로
가슴에 빛으로 살아난다

미리내 되어 밤하늘에 흐르는 별
조금조금 모아다
병에 넣으면 오르는 골짜기 환해질까

태어나고 지는
다양한 별들의 세계

그러다가 목숨 다한 영혼 되어
멋진 꼬리 길게 날리며
땅 그리워 떨어진다

다시 하늘나라 올라가지 못하는
죽은 별

하늘에 떠 있을 때는 온갖
시가 되지만
땅에 떨어지면
돌이 된다

돌 많은 붉은 산에는 가시떨기나무 둥치들이
심란한 바람을 일으키며 이리저리 굴러다니고
여명의 새벽은 붉은 산을 더 적막하게 한다

끝내 검게 탄 시내산과는 눈 맞추지 못했다
미디안에서 호렙산과 나란히 있는

그를 언제 다시 만날 수 있을까
지금 그곳은 별이 보이지 않는다는데……
내려오는 길은 낙타를 버렸다

　　　사우디 북부 미디안에 시내산의 확실한 증거가 있다고
　　　사우디 왕궁 주치의 김승학 한의사는 주장한다. 그곳은
　　　군사기지를 만들어 밤도 낮이 되어 출입이 제한된 곳이라는데

오카리나를 분다네

가슴바닥 끝에서 무언가 스물스물 자라
목까지 차오면 오카리나를 분다네

기쁨의 노래에도 슬픔이 느껴지는 것은
고운 소리 못 내어 깨져버린 오카리나
한의 소리일까

지나온 아름다운 날들이 오카리나에 실려
멀리멀리 고향 찾아 길 나서네

황량한 실크 로드가 열리고
지친 낙타와 대상들은 오아시스를 만난다네

너울너울 누른 황하강에는 토기 빚는
섬세한 손이 리듬을 타고

슬픔이 민들레 씨앗처럼 날려
따뜻한 이불 되어 덮어준다네

억새 물결치는 언덕에
점점 퍼지는 맑고 청아한 오카리나 소리
내 마음도 사방으로 흩어지며 춤추네

요하네스버그의 인상 그리고 만델라

성장한 무녀가 요령을 흔들며
화려한 춤과 주술로 시작된 취임식

엘리트 음베키 대통령 아파르트헤이트의
마지막 대통령 클레이크
만델라 대통령이 같은 곳에 나란히 앉아
음베키 대통령을 축하하고 있다

태상왕 상왕 금상이 한자리에 평화롭게 앉아 있다

150여 개국의 특사들이
4월의 설익은 아프리카 태양 아래
요란하고 훈훈한 축제를 즐긴다

만델라는 여전히 아프리카의 자존심이다

그가 호명될 때마다 사람들은
광란의 박수로 애정을 표했다

그의 가슴은 봄바람으로 부풀고
용서와 화해로 환하게 빛났다

주인된 백인들은
차별과 멸시와 억압으로 통치했다

도시는 아프리카의 보석이 되었고
보석 밖으로 아프리카인들은 밀려났다

몸에 밴 굴욕의 역사
배운 착취와 억압은
교훈으로 삼기에 짧은 시간인가

한때 그도 살았던, 넝마로 덮힌
스웨토는 요하네스버그로 들어가는
길에 끝없이 누워 있다

에이즈는 청년들에게

죄의식 없이 창궐하고
깡마른 아프리카인들은
초점 잃은 눈으로 거리에 섰다

만델라와 동지들은
백인을 권좌에서 내려오게 하고
아프리카인의 땅임을 선언했다

아직도 갈 길 먼 땅
세계인의 존경을 받는 그가
몸 바친 민주주의 토대가
아프리카의 등불이 되기를 빌어본다

월급

목메게
기다리고 기다리고 기다린다

늙는 줄 모르고
멈춰 선 것 같은 세월 탓한다

얼락배락도 없는
선로 같은 삶

살기 위해서 숨 쉬나
숨 쉬기 위해서 먹는가

호기롭게 척 버티고 서서
빤히 그를 노려본다
그러다
슬그머니 꽁무니 착 내려버린다

아등바등 이어주는 징검다리

이 돌 빼서 저 돌 받치다 보니
네가 주인임을 알았다

이제 새들도 깃을 떠나고
둥지는 낡았다

살아온 여정대로 주름 잡히고
백발 허옇게 내려앉는다

허허롭다
그가 무엇인데
한평생 내 삶의 동아줄이었던가

위성류

창세기 21장 33절에 의하면 아브라함이 브엘세바에서
아비멜렉과 맺은 언약의 징표로 에셀나무를 심었다

안산 자락 초입에 환갑된 에셀나무 위성류가 있다
실버들 같은 잎새에 빗방울 눈물처럼 맺혔다

어떤 연유인지
밑둥만 남기고 둥치 복판이 쩍 벌어졌다
도끼로, 벼락으로
알 길이 없다

누군가 시멘트로 쪼개진 나무 사이
단단히 메웠다
답답하고 아플 것 같은데
잘도 참으며 풍성한 잎들 몽글몽글
연기처럼 토해낸다
몸뚱이에 여름비가 생생한 푸렁이끼 만들었다
원초적 생명
영원한 약속
귀하게 빛난다

인디언 부적

둥근 고리 거미줄처럼
얼기설기 엮어
깃털 화려한
Dream Catcher
머리맡에 걸어놓고
잔다

밤마다
깃털 뽑아 머리 꽂고
갈맷빛 우주 속 영물 된다
자맥질 속에 딴 열매

은근슬쩍 거물에 걸면
행운은 찾아오고
껍질은 썰물 되어 빠진다

인디언 구역에 갇힌
그들은

꿈속에서 비로소

조상이 누리던 땅에서

아름다운 해방을 누린다

종이컵

질 좋은 펄프에
빨대 꽂아
깊이 들이마신다

도시는
멋부리며 저마다 쭙 쭙 빨고
경쾌하게 던진다

길고 긴 여정 거쳐
변신 거듭하며
멋있고 실한 몸 만들어

고생 끝인줄 알았더니
물배 채우자 패대기치누나

진정
목이 타는가
몸에 밴 노릇에

지구는 몸살을 앓다
기형아를 낳는다

현재는 없다

시간을 쪼개고 쪼개고 보니
현재는 찰나에 지나지 않는다

지나간 과거와 앞으로 올 미래만 있다

순간순간 과거로 밀려나고
숨 가쁘게 미래는 다가온다

시간은 머물지 않으니
현재는 과거와 미래다

누구나 달리 쓰는
평등한 시간

그래도
현재는 늘 과거와 미래 사이
같은 간격에 있는 듯 말한다

혼자 걷는 길

호젓이
혼자 산길 걷는다

등은 봄볕에 따습고
돌돌 구르는 개울물
앞길 서둘러 간다

지저귀는
뭇 새들
산모롱이 돌 때마다 색다른 소리로
날 반긴다

하늘빛도 같고
물빛도 닮은

산제비 틈새로
이른 개망초

불쑥 큰 키 구부려
아는 체한다

청설모는 하릴없이 정수리에
자존심을 세우는데

가없는 삶이 혼자 걷는 길 위에도 있다

몇 년간이나
아련한 안부 속에
지난 그녀가

남은 사람 이유도 모른 채
서둘러 우리 곁을 떠나버렸다

그녀가 앓던 지난한 세월
세상일 헛다리 짚으며 헤매었다

생머리 갈퀴처럼 날리며
해맑던 그녀는

무슨 오지랖 그리도 넓어
암세포마저 품었더란 말인가

이른 아침
영롱한 이슬 사이
그녀 얼굴 햇살 되어 밟힌다

3부

아! 세월호

아! 세월호

황매 영글어가던 어느 봄날
꽃단장하고 길 나섰던 사람들

기우뚱
이유 없이 틀어버린 배 위에서
맹골수도 소용돌이 낙화 되어 떨어졌네

뱅뱅 사람들이 돌다 가라앉고
뱅뱅 사람들이 돌며 구경하고

그냥
그렇게
영화 속 한 장면 되어
물이 삼켰네

핑계가 질펀하게
장바닥처럼
깔린 바다 위

냉가슴 되어
난마같이 얽힌 일
입 얼어붙는다

말 말 말을 말자

몽땅 뒤집어쓴 한 사내
풀밭에 누워 하늘 보고
웃으며 '나 잡아 봐라' 한다

결딴나버린 사람들
종주먹 허공에서 휘두르다
맥없이 떨어진다

뒷골 때리는 소리
가슴에 천둥 되어 친다

팽목항에는 아직도 노랑눈물 마르지 않았는데

네
시작은 창대했으나
끝은 미약하여
제멋대로 돌아버린
세월호만 탓해야 할 판

물속에 빠져버린 진실을
잊지 않는다고
무엇이 달라지나

묻자 묻자
가슴에 묻자
죄 없는 사람들아

아름다운 유음 새기며
멈춘 시간 풀자 다시 풀자
그들 마음 받으며 풀자

호수처럼 잔잔한 팽목항이
우리의 맨얼굴을 비춘다
부끄럽고 슬프다

하늘나라 우체통에는
전하지 못하는 안타까운 사연
쌓여만가고

모진 세월은 남의 일인 듯 흘러도
아는 사람은 가슴에 묻는다

교감

1

말 못하는 소가 주인을 하늘 삼고
우직하게 움직일 때
소는 가족이다

일도 하고 짐도 지고 새끼 쳐
학비도 열심히 보탠다
집안의 기둥이다

워낭소리 울리며 아이들과 어울려
꼴 먹으러 산과 들을 누빈다
큰 몸 흔들며 웃는 모습 아이들도 까르르

따뜻하게 끓여주는 새벽 여물
한여름이면 귀한 낙지 한 마리
호박잎에 싸 주면 털고 일어나 밭으로 간다

소가 아프면 사람도 아프다

공 많은 늙은 소는 무명베에 싸서
양지바른 곳에 정성스레 묻어준다

2
수소에서 정자 빼서 암소에 주입해
새끼 만들고 사료 먹여 밀식하고
아프면 항생제 먹여 잡도리하여

앉지도 눕지도 못하는 곳에서
주인 얼굴만 기억했다가
남 보기 훤하고 편한 세월 흘러

어석소 되면 트럭 타고
세상 밖 구경 처음이자 마지막으로 하고
도축장으로 간다

눈물 글썽이며 메에 하는 소리

누가 내 서러움 알기나 할까
세상 와서 먹고 싼 것이 다라니

먹거리만 된 소는 먼 나라 어딘가에
예식 치러주는
기도소리 그리며 세상을 뜬다

도시 풍경

누가 작동하지 않아도
도시는 회오리바람 날리며
빠르게 빠르게 돈다

옆도 뒤도 안 보고
냅다 앞만 보고 돌아간다

옆구리 겨우 비집고 걸터앉은
좀 모자라는 자들은
서서히 떨어진다

떨어진 깊이는 아무도 모르고
아무도 알려고 하지 않는다

언제
누가
여기 있었던가 하는 물음도 없다

찍어 누르고
치고 올라오는 세상에

내가 누구인지
무슨 생각을 하고 있는지조차
모르는 사람들만
살아남는다

제 살길 속에 갇힌 인간들은
공기도 햇볕도 차단당한 채
자기들만 아는 미로로 바삐 따라 돈다
거대한 음모에 포획된 아바타들

아무도 멈추게 할 수 없는
도시가 어지럽게 돌아간다
내가 떨어지고 네가 떨어지고

떠도는 혼
- 어느 입양인 이야기

가출하여 헤매고 헤매어
내 몸 준 한국까지 흘러와
집 떠날 때만큼 살았다

그러나 아직도 자신이 누군지 모른다

몸과 마음 서로 엇박자 놓으며
이 사람 저 사람 만나
불신의 골만 확인할 뿐

벨기에도 한국도
그녀를 품지 못했다
아니, 그녀도 애써 안기지 않았다
언 가슴은 어디에도 닻을 못 내리고

뼈만 붙은 가죽에
눈빛은 허기로 퀭하고
냉소적인 입가엔

적개심이 시나브로 떨어진다

때때로
캔버스에 기억의 저편부터 끌어올려
가득 채우면
그녀는 비로소 그녀 자신이 된다

부평초 닮은 몸을 끌고
또 다른 나라를 망명처 삼고 떠난다
육신이 쉴 곳이 어디인가

서른일곱
처녀의 뒤태
어깨는 처지고
허리는 휘었다

박타령

동토의 세월 지나
움트고 새 잎 나더니
실한 왕박 한 개 열렸다
그 아래 오종종 붙었다 하여
친박들이 열리더니
어당팔 같은 어박이 환한 얼굴로
질서를 세우니
근박, 초근박도 충실히 달리고
울타리 넘어 갔다 다시 온
복박도 있다

이쪽, 저쪽도 아니면서
어쨌거나 이 줄기에 간당간당 몸 붙여
눈알만 굴리는 중박도 있고
자기를 친박이라 불러 달라고 생떼 쓰는 자박
원박이라고 목에 힘주고
월박은 확실하다고 가슴 열어젖히는데
낮에는 하얀 귀신이 되어 빠져 나가고

밤이면 슬며시 기어 들어오는 주이야박도 있다

왕박은 작은 귀 쫑긋 세우고
배시시 교양미 흘리며
참박에 손톱으로 찍은 듯한 눈으로
날카롭게 아래 위 살피며
철저히 집안 잡도리한다
또 새가지를 확실히 쳐서
원줄기가 유체 이탈하여 횡설수설해도
같은 나무가 아닌 양 입 꼬옥 다물고
실한 이별 연습을 하고 있는 듯하다

유리하면 네 것도 내 것으로
확실히 만드는 재주

한마디로 내로라하는 숫박들도
버벅거리게 만드는 재주

기미상합하는 사람만 만나면서
항상 많은 의견 수렴하는 재주

누구에게도 예속된 적이 없는
국민과 역사를 사유화하는 재주
하, 재주도 많다

본래 박은 잎겨드랑이에 흰 꽃을 피우고
크고 작은 열매를 맺으며
탈색된 듯한 그윽한 옥빛을 띠며
박고지며 나물, 국물로, 또 넉넉한
바가지로도 쓰이는데

생각 많아 그러한지 왕박은 버쩍 말라
종잇장같이 얇아
행여 생채기 날까 무서워 특히
숫박들은 조심조심 어정쩡하게 품신하는데
앞뒤 잘라서 한마디만 뱉어도 오금을

못 펴고 서서 오줌을 지리더라

바람을 몰고 휘익 지나가도 모두
소리 없는 비명을 지르며 말발밑에
깔릴까 고개를 숙이고 눈을 피한다

박이 아니라고 도리질하는 무리들도
한때는 난다 긴다 했는데
지금은 존재조차 없는데도 아이들 투정부리듯
가끔 애먼 돌부리만 툭툭 차고들 있다

일전을 각오한 제각각 결기 품은 상대들도
도술을 부리는 여교주가 나타난 것도 아닌데
신비스럽고 황망하다

말 많은 세상에 누구나 하는 일상 말이
진리처럼 둔갑하는 현실에
박을 확 깨어볼 수도 없고

그 속내가 비었는지 찼는지 종내 답답하더라

다만
뜨거운 동지철이 오면 모두 깨어져
피투성이가 되는데 박 껍질이 열 받고도
터지지 않고 견디는지 자못 기대되는
마음으로 호시탐탐 녹쓴 칼만 죽어라 벼리고 있더라

네 꿈이 내 꿈 되어
대박이 터져 왕박의 시원한 박장대소를 보게 될지
항간에 지나가는 예언처럼
쪽박 되어 박 박들이 우수수
추풍낙엽이 될지는 신만이 아실 일이다

느닷없이 해미 속에 나타난
자칭 타칭 안 다르크만
걸리적거리지 않는다면야
판세는 따 놓은 당상인데…… 음

하지만 쪽수 믿고 있다
느닷없이 변수에 밀리는 것이 경기이니
곳곳이 지뢰밭이더라

8월인데, 동짓달 대선을 앞두고
아직 좌고우면한다고 문 아무개는 등판도 못하고

뒷이야기, 왕박은 그 후 화려한 독식의 자리에 앉아 긴 목을 빼고 아침마다 앞태 뒤태 비춰 보며 나날이 훤한 모습으로 예쁜이들 찾아서 상장 주고, 곤란하면 어리광하듯 깔고 앉아 모른 체하더라

그 후 박들은 친박계, 범박계, 비박계로 나뉘더니 구체적으로 오박(오리지널박)도 있고 짤박(짤린 친박), 멀박(멀어진 친박), 탈박(탈출한 친박)도 있는데 얼마만치 더 진화할지 아무도 모르더라, 박씨 문중에는 산 송덕비라도 세워야 하는 것이 아닐는지, 무엇보다 잘났다 목에 힘 들어가던 사내들이 왕박 앞에 서면 모두 쫄게 되니 그동안 기죽어 살아야 했던 고단한 세월 여자들 원수 갚음 한 번 시원하게 잘한다 생각하니 자다가도 웃는다

보이지 않는 선線들의 세상

머리와 손가락만 있는 세상
살살 부드럽게 눌러주면

하고 싶은 일
서슴없이 대신해준다

할 일 없는 댓글에
목숨 걸고 덧칠한다

질식할 만치 넘치는 정보
허둥대다 놓친다

뇌 근육은 점점 떨어지고 중독된
손들은 장소 가리지 않고 덜덜 떤다

눈에 보이지 않는 무수한 선들이
끊임없이 요동친다

무엇이든지 빛 섬유로 해결되는
만사형통의 세상

은근슬쩍 사람도 속이고
사람도 빛 기대어 장난친다

작은 오류는 놀라운 생명을 얻어
낭패를 본다

은하계에 포획된
멀미 나는 세상은
요란하게 변하고 변한다

선들이 어느 날 반란을 일으켜
'지지직' 소리를 내면서

공간이 모두 하얗게 또는
까맣게 타버릴 것 같다

부엉이는 더 이상 울지 않는다

재주껏 기량 자랑하는 곳에
눈치 없는 촌스런
작은 새 한 마리
호기롭게 날아들었다

다른 새들은 알고 있지만
안 하는 일을
도맡아 한다

당차고 기세고 눈물 많은 그를
화려한 날개에 날렵하고 세련된 도회적인
새들은 못 본 척 안 보는 척한다

그는
새 아닌 새들의 눈물이 되고자 했다

가뭇한 여러 해 그러하니
자존심에 살짝 살짝 상처난 새들은

시끄러운 작은 새 합심해 쫓았다

자연의 아들로 돌아온 그는
논두렁 밭두렁 드나들며
막걸리에 오리 띄워 마시며 즐거워했다

어디에 숨었던 온갖 잡새도 날아와
친구가 되었다
작은 새는 외롭지 않았다

아직도 불면증에 시달리는 새들은
재미지게 사는 것도 눈엣가시 되어
힘 없을 때 아주 요절을 내려고 들었다

더디어 그를 무자비하게 무너뜨렸다
그리고
잦바듬하게 앉아서 내리떠보았다

차마 못다 한 말
괴나리봇짐에 꽁꽁 묶어 같이 묻혔다

다른 새들이 그를 부엉이라 불렀다
부엉이 바위에는 더 이상 부엉이가
울지 않는다

그러나
혼쭐난 새들은
박제된 부엉이조차 무서워
심심하면 너럭바위 혼 불러내
꼬투리 잡아 칠성판에 뉘인다

말시비도 안타깝고
쉬지 못하는 서러움 있지만
죽어도 산새가 있더라

사촌이 사는 오지의 땅

사촌이 사는 오지의 땅 아이들은
어느 장마당 꽃제비 되어 날아다닐까

갈라지고 나뉘어져
밀고 당기며 보낸
쓰디쓴 세월 뒤로

굶고 허기진 몸이
산귀신 되어
눈앞이 노래지면
사람이 아니다

고난의 행군
철옹성 야바위
어이없이 무너뜨리고

강도 바다도 아닌 곳에 그어진
허리 묶은 녹슨 철조망

서두를 것 없이 쓸어버리고
물밀 듯 밀고 내려오면

우리는 몸으로 버텨야 하나
총으로 막아야 하나
아니면 두 손 들고 환영할까

붉은 뿔 공포가 대책 없이 날뛴다

종북 장사도 파장을 모르고
하나 마나 한 말
남우세스러워

꼬투리 캐내어 지겹게
형제가 치고받는 사이
잇속은 제 홀로 길을 간다

붉은 별의 발톱에
휴전선이 국경선 되면
우리 꼴은 무엇이 될까
아버지 살아생전 통일을 그렇게

염원하시더니
나 역시 통일 보지는 못 하겠다

함경남도 정평군 주이면에는 아직
사촌들이 살고 있기나 할까

서대문 역사박물관

1
독립과 민주주의 영령들을
옥죄었던 서대문 형무소

뼈아픈 역사는 백방白放 되어
고스란히 누워 있다
잡혀온 잡범도
나라와 민족을 논하던 곳

개양귀비 가녀린 꽃잎이
세찬 봄비 타작에
이리저리 몸을 피하며
비눈물을 흘리고 있다

기억은 변색되고
추억은 윤색된다
형무소는 역사박물관이 되었다

2

견고한 붉은 벽돌 담장

휑뎅한 마당에 둘러선

철옹성 옥사에

눈물방울같이 붙은 창

옥사에는 하하동동夏夏冬冬뿐이라는데

그 옆을 지나면

춥다, 덥다는 말 감히 못한다

허기 달래주던 가마솥

찬 바닥에 뒹굴고

오금 못 펴도

독립혼 열병처럼 퍼뜨리며

서로를 끌어안고 견뎠던

강인한 분들

아직도 나라를 지키고 계신 듯

든든하고 따뜻하다

무죄인이 죄인 되고
죄인이 심판관 되어
법을 우롱하고
인간 존엄성을 희롱하던 곳

음습하고 충충한 날이면
나라 지킨 고통이
산탄처럼 박힌다

3
정당성이 죄 되어
이승에서 마지막 끌어안고
울었던 지옥의 삼정목
미루나무는
빈약한 이파리 떨며
형장 앞에 역사를 증명하고 섰다

3천만 생민 우수리 얹어 헐값에 넘긴
그 조상의 자손의 자손은
은전으로 받았던 땅 찾겠다
당당히 법의 문 두드리는데

귀기는 사라지고
굴곡의 역사 지우고
복원한 옛터에

오늘도 깃발부대들은 그들 조상이 저지른
만행을 들으며 심각한 얼굴이 된다

잊기에는 존심 상하는 민족 수난터
오늘도 그 자리에 온몸으로 봄볕을
받으며 서 있다

숭례문은 타고 있는가

1

새빨간 불꽃이 용마루 기와 사이사이
비집고 올라온다

망치질에도 탱 탱 푸른불꽃 날리며
몸 지켰던 기와들이 허물어져
밀물처럼 흘러내린다

몸을 나투신 지 600년
샅샅이 뜨겁게 타들어간다

2

어둠이 걷힌 다음 날
흰 광목천으로 수줍은 듯 아랫도리 가리고
참담한 모습으로 서 있었다

간간 세 잃은 불길이 삐죽삐죽

혀를 날름거리며 타다만 그를
아쉬운 듯 핥고 있었다

숭례문은 처참하게 타버렸다
허둥지둥 밀고 당기는 사이
목신은 홀로 밖과 내통하고 있었다

호기롭게 열린 숭례문은
미처 추스르지도 못한 사이
어이없는 추행을 당해

송두리째 화염에 몸을 던지며
무슨 말을 삼켰을까

아파트

알 수 없는 이름 달고
콘크리트와 철근을 먹고
무럭무럭 자란다

욕망만큼이나 터무니없이 솟는다
자랄수록 더부룩해지는 도시의 땅은
숨 쉬기가 점점 어려워진다

알량한 화단에
봄이면 꽃 피고 가을이면 낙엽진다
비실비실한 감도 열리고 모과도 달린다

사람 이름이 102동 1902호다
스프링 달린 문은 내 집 사람만 알아보고
황급히 문 닫아건다

콘크리트 물 먹어도
수직의 벽에 쑤셔 박아도

질긴 생명은 징징대며
고맙게 버텨준다

밤이면
봉구네 주막에 출근도장 찍고
취한 몸 이불삼아 덮고 잔다

무덤처럼 봉분 쌓아가는 삶은
벌집을 드나들며 먹이를 나르고
일을 하고 아이를 만든다

마음은 탈출을 음모하고
한 계절로 사는 몸은 남는다

해도 달도 풀도 제대로 못 보고
그들을 노래할 수 있는 재주가

봄이면 자지러지던

장미와 라일락 향기
역촌동 집 꿈에서 만나려나

오늘도
전자 자물통 설치된 센스
사람처럼 알고
'철커덕' 문 열어준다

어머니라 부르게 해주오
- 어느 해외 입양인의 독백

어쩌라고 외롭고 낯선 땅에
당신은
나를 부려놨나요

채워질 수 없는 상실감은
먹고도 허기지고
늘 주린 것은 당신의 사랑입니다

나는 누구인가요
엄마 냄새를 따라 멀고 먼 동양의
작은 나라로 찾아왔습니다

회색 세월
강물처럼 흘러 흘러
당신의 젖무덤에
뜨거운 눈물 바칩니다

당신의 위대한 음모는

자궁 속 잉태 이전부터
시작되었습니다

이것이 오해인가요
그렇다 하더라도
기도합니다

가슴에 지울 수 없는
흔적은 용서 안 되는
사랑입니다

그리워 그리워
대책 없는 이 마음은
누구의 장난입니까

당신과의 카르마가
세상의 분진처럼
떠돌다가

유장한 세월 흘러
서로 닮은 우리
다시 만났을 때

당신이란 말 대신
"어머니"라
부르게 해주오

없어져가는 것들에 대하여

진관사는
굽이굽이 역사를 품은 사찰이다
집현전의 독서당이 되기도 했다

가끔, 그곳을 찾는다
북한산의 위용은 어쩌나
장엄하고 경쾌한지 잡사가 티끌로 변한다

절은 산에 기대어
경내는 정갈하고 안온하여
잠시 의지처가 된다

계곡 옥수는 굽이마다 머문
흔적으로 푸른 이끼를 토하며
담긴 손을 간지럼 태우며 흐른다

깔끔한 절 옆구리에 붙은 쇠락한 보현다실

올망졸망 다기들이 꿈을 엮고
멋대로 심겨진 이름 모를 풀꽃들
허름한 다실이 생명을 얻고 있다

문짝 귀 맞지 않은 작은 협실도
서두를 것 없어 좋았다
투박스런 찻상에 놓인 인심 후한 차

리처드 기어가 아들, 스님과 찍은 사진이
소박한 액자에 담겨 희미한
그늘처럼 웃고 섰다

흰 눈 내리는 날
홀로 앉아 대추차 홀짝이며
무쇠 난로에 장작 탁탁 튀는 소리
자글자글 물 끓는 소리
머리도 하얗게 비워지던 순간들

화창한 봄날이나 낙엽 아름다운 가을이면
절도 다실도 손님 치느라 헉헉
가쁜 숨 몰아쉰다

모처럼 다실을 찾았다
이게 어쩐 일이람

온 경내가 공사 중이다
산도 절도 얼이 빠졌다
다실은 흔적도 없이 헐렸다

역사의 증거 된 해묵은 나무들
가차 없이 비어져 마른 눈물 날리며
그곳은 없어지고 있었다

아
이 찻집에 꼭 데려온다 조카에게 자랑했는데
뭐라 말해야 하나

젊은 남편

사랑은 혼자 한 것이 아닌데

부하로 거느릴 땐 임의롭더니 남편 되니 슬슬 눈치 보인다

젊디젊은 남편은 럭비공 같아 한 줄기 찬바람 감기 될까
불안하다

훤칠하고 맥가이버 손 가진 그는 어딜 가나 인기다

서둘러 젊은 여자 찾으라고 통 크게 양보할까

속마음 알려고 괜히 아래위 살핀다

의심의 끈 심심하면 가슴을 옥죈다

어려운 결정할 때 모난 시선들 속이 상한다

그의 품에 예쁜 아기 '턱' 안기고 싶어

"툭" 누군가 어깨를 치며 "뭔 생각하느라 사람 오는 것도
몰라"
듬직한 어깨로 감싸 안은 체온에 비로소 정신이 든다
"배고프다 밥 먹자"

가슴에서 따뜻한 사랑이 비 온 뒤 아지랑이처럼 올라와
두 사람은 한 몸 되어 길을 재촉한다

내가 지금 뭔 생각했지, 여보, 미안해 의심해서……

중남미 문화원

그들은 모두 어디로 갔을까

은물담뱃대 드리우고 여유 부렸던
그들은 어디로 갔을까

호화로운 생활 찻잔에 새겨
홀짝거리며 미인을 희롱하던
그들은 어디로 갔을까

남남이 되어 가면을 쓰고
서로를 속였던
그들은 어디로 갔을까

묵은 와인과 테킬라를 높이 들며
또 다른 도륙의 땅을 꿈꾸었던
그들은 어디로 갔을까

식민지 태양신에게 열십자 내리꽂으며

자신들의 신을 강요했던
그들은 어디로 갔을까

한 방 가득 금을 바치고도 죽음을 당했던
잉카의 황제 아타우알파는 밀림 어딘가에
원귀 되어 떠돌고 있을까

달의 눈물로 온갖 장식품을 만들던
신의 손은 아직도
이어져오고 있는가

흙에 햇볕 섞어 빚은 질박한
토기들의 사랑은 아직도
귀 기울이면 들릴 듯하다

화려한 색실로 트라헤 티피코에
한 땀 한 땀 정성을 들이며
인디오들은 옷의 운명을 짐작이나 했을까

모두 어디로 가고 흔적만 시공을 표박하여
먼 동양의 끄트머리에 닻을 내렸는가

공들여 닦고 광내어 그들이 오면
곧장 파티가 열리고
왁자지껄 사람 소리 준비된 이곳은

마야와 아즈텍 그리고 잉카의
문화가 파에야 되어
사프란 향내 바람에 실리고

묵은 종을 매단 앙그러진
숲 속 교회는 모든 애증을 삭이며 지난 일을
어르고 달래며 섰더라

인디오의 후손 라칸돈들이
부르는 그들의 아름답고 슬픈 노래가
해거름까지 머뭇거리며 떠나지 못하고

고요가 깃든 저녁

젊은 연인들은 머리 맞대고 잉카의

파편을 미끼 삼아

사랑을 낚시질하고 있더라

경기도 일산에 이복형, 홍갑표 전 대사 부부가 혼신을 기울여 만든
멋진 중남미 문화원이 있다

축생의 레퀴엠

하느님이 사람에게 이르시길
생육하고 번성하여 땅에 충만하라 땅을 정복하라
바다의 물고기와 하늘의 새와 땅에 움직이는
모든 생물을 다스려라

축생은 애당초 상생의 대상이 아니외다

나는 소로소이다
나는 돼지로소이다
나는 오리, 닭이로소이다

우리 가축은
인간들이 원할 때면
죽어줘야지요

열심히 먹고 멍청히 있다
살과 뼈 부풀면
세상 밖으로 나가지요

구제역이 돌면 잡도리하느라

멀쩡한 우리를 싹쓸이
구덩이에 생매장하는데

몇 달 사이 우리는 수백만 마리
넘게 당했소이다

애고애고 소 살려, 돼지 살려
나, 오리도 있소
어진 목숨 살려주오

부모 자식 친구들을 굴삭기로
마구 떠서 박살이 나오

겹겹이 뭉개지고 이지러져
세상을 하직하지요

자식 구덩이에 던져지고
다음 차례 어미 지레 죽었다고
인간들이 불쌍하다네요

스톨에 갇혀 살다
부위별로 거덜 나서
내장까지 버리는 것 없이
인간 혀를 호사시켜주나

축생 아우슈비츠가 되나
참 헷갈리네요

태어나 처참하게 당하기는
똑같다 말이외다

피와 골수는 개울이 되어 흐르고
음산한 날이면 내 몸 돌려주오
도깨비불 되어 훨훨 날아다니겠지요
무슨 죄업으로 축생으로 태어나 이 고초를 겪는지
죄 없이 살다 가니 다음 생은 무엇이 되어
태어나겠소이까

축생에도 불성이 있다 하나 미처 생각할 겨를도 없이
처넣어졌다오
에구구……

하늘에서 떨어진 소

노란 물싸리 곱게 바래가던 어느 날
하늘에서 소 한 마리가 '툭' 떨어졌다

평소에는 서로 맞지 않아
만나면 인사가 '으르렁'이었던 뭇 짐승들이
발톱 세우고 붉은 잇몸 드러내며
씩씩대며 모여든다

얼기설기 어우러져 소를 뜯기 시작한다
걸쌍스런 잔치판이 벌어졌다

입 크고 실한 놈은 더 많이 뜯고
끽끽 트림까지 해가며 뜯고
어떤 놈은 뜯다가 쿵쿵 냄새 맡고
눈치 보고 자리 옮겨가며 뜯고
입 작고 부실한 놈도 옆에서
센 놈에게 치여가며 깐작거리며 뜯는다
물고 뜯고 맛보고 즐긴다

얼마나 뜯었는지 이제
소는 형체도 없고 큰 뼈다귀만 남았다

그때
주인들이 몰려와 대성통곡한다
부위마다 다른 주인들이 죽고 살기로
악써보지만
짐승들은 입 싹 닦고 꽁지 빠지게 도망치고

하늘도 유야무야한 얼굴로 한낮의 난리를 보고만 있다
슬그머니 구름 사이로 얼굴을 숨기더라

어떤 저축은행 사태를 보며

혼자 하는 사랑

세파에 시달려 신산한 그의 마음
흔들어 흔들어보아도 반응 없다

희미하게 엎어져 있던 세포들
바짝 긴장하여
일제히 반란을 일으킨다

미어지는 애간장
얽힌 실타래 풀 듯

혼자 맺고 푸는
집착과 애착이 간단없어
꺼이꺼이 울었다

한 해 두 해
타는 세월

문드러지고 문드러져

형체는 있고 없고

생의 끝날이 봄날일까
초조하게 바장인다

목이
마르고 말라도 왜
삶은 멈추지 않는가

보일 듯 보이지 않는
그의 미소
안타까워

4부
그대 그리고 나

그대 그리고 나

1
초저녁 잠 깊어
이른 아침 일어나

녹차 물 올리고 다기 차려
그대 부른다

늦게까지 책상 앞에
부스럭대다 아침잠 깊은 그대

잠 덜 깬 눈 부스스
털고 일어나

마주 앉아 말없이
차를 마셔준다

마지막까지 남을 두 사람
그대 그리고 나

2

친구처럼 편하게
남처럼 뜨악하게

편협과 타협을
서로 공유한다

타고난 노릇은 끝까지
바뀌지 않는다

각기 좋아하는 일하며
덜 간섭하는 자유

내 얼굴에 그대 있고
그대 얼굴에 나 있다

취미도 기호도 성정도 닮은 것 없지만
한세상 남인 듯 아닌 듯 사는 편안함

검은 드레스

가슴골 보이도록
깊게 패인 브이넥

옆구리 아래로부터 긴 옆트임
나비처럼 나풀거리는 짧은 소매
검은 저지 드레스

"이걸 입으라고"
몸에 꼭 끼어 대책 없이 드러난
어이없는 각선미

"들어가네, 좋아 좋아"
"브라는 어깨 끈을 올려서
가슴을 제자리 잡아주고"

재빨리 가서 힐을 가져다 신긴다
"힐을 신어 그래야 허리가 펴져요"
"진주 목걸이도 걸어주고······"

혼자 장단을 맞춘다

일흔 고개 숨 가쁘게 올라가는 제 엄마
긴 거울 앞에 세우고
사다둔 드레스 입히고
즐거워하는 딸

"밤에는 썰렁하니 자주색 이중된 숄 걸치고
클러치를 들어요"

"엉덩이가 크니 옷 모양이 없지"
"아니, 엄마는 큰 것이 아니고 퍼져서 그래"
그 말이나 그 말이나

"엄마, 꼭 이렇게 입고 다녀요"
"어디로 가 이렇게 하고"
"아니야, 아니야 내 멋이지 뭐"

"옷을 엄마 사이즈로 입는 것이 하나도 없어
풍성해서 나도 들어가겠네"

쫑알대며
이것저것 보따리 챙기는 딸

가슴골 손으로 자꾸 여미며
그래도 이 옷 입고 나설 데가 없다

"아랫배 집어넣으세요 엄마"
"숨은 어떻게 쉬어"

귀국 후 몇 달이 지나도 옷장에
비닐 뒤집어쓰고 갇힌 검은 드레스

경계에서

아무런 반응 없지만 기 누르면
어떤 곳은 화들짝 놀란다
깊은 잠에 빠져 있다

머리로부터 발목까지
굵고 가는 호수가
인간과 기계를 연결하고 있다

유동식 코로 들어가고
수액과 항생제가
바늘 끝에 매달려
정맥 찾아 흘러든다
목 뚫어 숨 쉬기 보태고

담 채이고 기침 나면
산사람처럼 요동친다

경련이 일면

행여 열심히 불러본다

죽음 같은 잠
그러나
살았다고도 할 수 없는
경계에서

오늘도
산 사람 역시
죽었다 깨기를 반복한다

그가 남긴 그림자

좁힐 수 없는 간극에
삶은 썰물처럼 빠지고

초초히 사라진 가-인 그림자
뒤태가 비수 되어 꽂힌다

축축 늘어진 추억 속에
활활 타는 저녁놀

두 다리 뻗고 진물 같은 울음
토해낸다

흰 재 사이 미쳐 못다 푼 말
불잉걸 되어 남았다

침묵의 고뇌는 흰 머리 되어
안개처럼 내리고

대지에 땅거미 밀려들면
무너진 이빨 사이 바람이 분다

사랑을 찾아 행복하고
사랑을 잃어 불행하다

찌르륵 찌르륵
귀뚜라미 문에 기대어
서럽게 운다

내 얼굴

환한 마음으로
거울을 본다

어색한 얼굴이
누군가 마주 본다

편안한 마음으로
거울을 보니

화난 얼굴이
밉게 쳐다본다

자글자글 물기 말라
표정 잡히지 않는 낭패

나는 거울을 보고 거울은 나를 본다
내 마음 몰라주는 거울이 원망이다

이제 알았다 경로대상이냐고
묻지도 않고
"들어가세요" 한 이유를

잉여인간 같은 느낌을 지울 수 없다

늘 가슴에 살아 있는

부르면
꽃비 되어 마음 적셔주던 그에게
알량한 재주에 마음껏 웃어주던 그에게
아까울 것 없이 주기만 하던 그에게

한 번도 갚지 못하고
떠나보내고 말았다

받기만 했을 땐
몰랐더니
그를 잃고 나서
비로소 내 마음
갈 곳 없음을 알았다

신장으로 고통받다 간 그에게
내 신장 한 개 준다 하지 못한 후회가
가슴에 맺힌다

어렵고 외로울 때면
이제는 없는 그를 그리며
철들어간다

언니, 나의 큰언니
넉넉한 마음으로 동생들을 품었던
우리들의 대장 언니

딸

친정나들이 마치고 가는 딸
마지막 밤
그녀가 속삭이듯 말한다
"엄마!"
"나를 더 미스해
아이들을 더 미스해"
"당연히 내 딸이지
내 딸 다음이 네 딸이지"

"엄마"
"내가 결혼 잘했지
예쁜 손녀 생겼잖아"
"그래, 자알 했다"
딸은 조용히 잠이 든다

가방끈 길게 끌며
대륙을 돌아다녀서
별이 될까 달이 될까

남모르게 기대했더니

오랜 외톨이 생활
모든 것 포기하고
가정을 택했다
떨어져 마음 졸일 일 없지만

영민했던 딸의 미래에
내 꿈도 있었는데
젊은 날의 초상은
수륙만리로 서로의 삶만
갈라놓은 듯하여
쓸쓸하다

내가 지금 깨달은 것을
그때 알았더라면

내 고독과 허무는 어디서
춤추고 있을까

맹구

옅은 갈색 털옷 입고
동그란 꽁지 단
숨 막히게 예쁜 두 달된 맹구
고삐조차 채울 수 없는 작은 강아지

오늘은 손님 오신 날
맹구 포식한 날
소쿠리에 가득 담긴 가을 들국화
눈 못 미친 사이
이리저리 기웃거리며
바람난 수컷 되어 훑고 다니더니
난장이 되었다

얼마나 배 터지게
꽃을 먹었는지
산보하러 나온 맹구
지익직 오줌 누나 했더니
생물똥을 쌌다

꽃잎이 흐드러지게 피었다
길에서 꽃잎뿐인 물똥
닦을 수도 없어서
둘이서 냅다 뛰었다

백초시럽 한 스푼 먹고
맹구는 굶고 잤다

다음 날
멀쩡한 맹구
아이구
강쥐 살았구나!

모정

어젯밤에
섭섭한 채
헤어졌는데

느닷없이
간밤 꿈에 헌칠한 모습으로 나타나
내 품에 꼭 안기며
'엄마' 부르는 소리 놀라 눈뜨니

일시에 시름 밤기운 물리고
이슬 먹은 새벽이 환한 미소를 띠며
아침을 차린다

방문

초가을 낙엽처럼
떨구고 간 손녀들의
흔적들

작아진 옷들
닳아버린 신발
잃어버리고 간 원숭이 탬버린
둘이 붙어 서로 갖겠다
울던 색색의 선전 종이
아직 불이 살아 있는 형광 팔찌……

무엇보다
내 마음 송두리째 가져가버린
아이들의 빈자리

돌아가는 비행기 속 내내
아이 미스 할머니
아이 미스 할아버지

하는 바람에

남편도 따라서
아이 미스 할머니, 할아버지
흑흑 했다고
도착하자 전화 왔다

우나가 아빠, 엄마 여행에서
돌아와 제 엄마에게 하던 말

"when you are gone,
cold wind blows inside"
(엄마가 가고 없으니 제 마음에
찬바람이 일었어요)

내가 우나에게
"if 할머니 is gone
how do you feel"

"I am sad"
("할머니가 간다면 넌 어때",
"슬플 거예요")

네 살 우나의 심정이 된다

비행기만 보면
한국 가는 비행기라고
넋 놓고 바라본다는 마고
병아리 같은 입으로
"I wish I could go to Korea"
("한국 가고 싶어")
한다니

왜 그들과 가까이 못 사나
비행기만 보면 타고 싶다

빛바랜 사진들

카메라 오작동으로
뿌옇고 초점 맞지 않지만
행복한 시절과 시간이 거기에 있고
품안에 자식 보기도 좋을 때라
한 장도 버리지 못한다

이마에서 이제는 정리할 때라고
가르쳐줘도
못 들은 척 끌어안고
심심하면 정리한다 핑계대고
인생의 봄날 나들이 간다

쌍둥이의 첫돌

노랑, 연두 금사 저고리에
귀주머니 허리 차고
금박 두른 청홍의 화려한 겹치마
수, 복, 금자 도장 찍어
빨간 수술 늘어뜨린
앙증맞은 조바위
삐죽 내민 타래버선 코

사진 박자 간신히 앉혀 놓으니
버석대는 한복 잡아당기며
싫다싫다 도리질 치며 달아난다

나슬나슬　　　　성긴 배냇머리
초롱초롱　　　　호기심 어린 눈망울
발씬발씬　　　　숨 쉬는 작은 코
말랑말랑　　　　앵두 같은 입술
보송보송　　　　해맑은 피부
꼼지락꼼지락　　손가락 발가락

옹알옹알   알 수 없는 소릿말
뒤뚱뒤뚱   위태로운 걸음마

뭘 먹으려고 나왔나 앞니 두 개
서로 눈 맞추며 누군가 갸우뚱
밥살 올라 오동통

"뽀오옹"
"누가 뀌었어? 빨리 말해"
큰 소리 채근에
둘의 겸연쩍은 얼굴
와아, 울어버린다

모두가 하하하……

아가야, 너를 기다리며

1
아! 기다리고기다리고기다리고기다리고기다리고기다리
고기다리고기다리고기다리고기다리고기다리고기다리며

수심의 나날
연기처럼 흔들어도
속마음 깊숙이 만날 언약
변함없어
의연하게 너를 기다린다

2
따뜻한 달빛 아래
이루어진
은밀한 밀약
이제야 망설임 털고
웃고 또 웃었다

3
지루한 인고의 세월
훌훌 털어버리고
넌
나비처럼 날아와
내 뜰에 왔구나
우리는 너를 꽃과 잎이라
부른다

아들

팅팅 불어터진 밥처럼
먹기 싫어도 배고프면 먹듯이

답답하고 궁금하면
문자 넣어본다

일에 묶여 오금 못 펴나
긴 침묵이 궁금하다

모처럼 얼굴 보아도 몇 마디
상여금처럼 던지는 반응에
휴가 얻은 것처럼 기쁘다

심연으로 가라앉은 속내 건져
싸늘한 겨울 햇살에
훨훨 말리고 싶다

누가 있어

이 닫힌 마음 열며
이 봉한 입 열까

이 다음
누군가 저 입 크게 벌리고 하하하
웃게 만드는 사람
업고 살란다

아버지

햇볕 등지고 앉은 그의
둥근 어깨가 늘 외로움에
젖어 있던 실향失鄕의 아버지

자식에 대한
사랑만은 풍족하여
퍼도퍼도 끝없이 나오더라

아버지께 받은 사랑
세상살이 고단할 때
빼다 쓰기만 했더니
이제 바닥이 났어요

"저세상 아버지
별빛에 실어
사랑 좀 채워주세요"

아버지는

무람없이 받을 줄만 아는 저 때문에
가슴 아파하시겠지요

사랑 보낼 길 몰라
애태우실 아버지

아, 아, 나의 아버지……

아버지를 부르면 늘 철없는 어린
딸이 되는 나

연리지에 붙은 일곱 열매

연리지에 일곱 열매 맺어
어찌나 실하고 초롱초롱한지
사람마다 눈도장 찍어
퍼렇게 멍들어 둘 떨어지고

달고 신 열매라 벌레 먹어 떨어지고
한 개는 떨어질 듯 붙어 있어 애간장
녹더라

베갯머리 송사하듯
적막에 대고 나직이 말한다
"서둘러 가지 말아 어차어피 가야 할 길"

오랜 잠 속에 시간을 묻고
예순의 끝자락
일흔고개 넘기도 쉬워라

잠 물리고 할 일도 하도 할 사

이제는 잔다 아주 눈 풀려 잔다
간혹 남의 숨 빌리기까지 하면서

한시도 가만있지 못하고
나분대던 육체는 침묵 되어
내 뜻대로 아닌 네 뜻대로다

기다리는 반야용선
못 본 척
이승저승 경계에서 누구와도 가슴 아파
이별 나누지 못한다

왔다 갔다 하는 말
머리에 아름다운 흔적 남기고

침묵 속에 수수되는 하늘 말씀
가슴에 아로새겨
소망 속에 가없는 약속

사랑만을 기억하라

남은 열매 셋은
살붙이 떨어지는 안타까움에
연리지 암수 목놓아 부르며
애달파하더라

일기장을 지우며

틈틈이 써왔던 일기장을 정리하며
65년 동안 일기를 쓰신
엠마 할머니를 생각한다

깊은 가르침 주셨던 할머니
아이들이 어리고 우리가 젊었던

거칠 것 없이
행복했던 시절 속절없이 지나

이제는 모두 그리움 되어
꿈속에서 만나는

가족의 역사가 숨 쉬는
일기장

할머니보다 더 일찍
정리하고 싶은 것일까

일기장 꺼내들고 웃고 울며
다시 오지 않을 지난 시간들을
지우고 있다

임동창 선생님

온갖 잡사에다
궁. 상. 각. 치. 우로
다 라 마 바 사 가 나로
올렸다 내렸다 넓혔다 좁혔다 하며
갖고 논다
놀다 지치면 잔다

심연보다 깊고 태산보다 높은
소리의 세계는
모두에게 손 내민다

찾지만 찾을 수 없는 살아 있는
참소리를 찾았다고 한다

껍질 속에는 무엇이 들었을까
'할' 한 소리 대신
꽹과리 깨갱으로 마침표 찍어버린다

물결처럼 흐르는가 하면
폭군처럼 광포해지는 건반은
제 혼자 날뛰고
선생님은 웃고 있다

풍류의 소나기 내려
굳어버린 신명에
불붙이고 싶어 안달이다
선생님은 전생에 단비였나보다

가려버린 생소리 찾고 싶어
피아노 해머에
양털 벗겨버린 피앗고

피아노지만 피아노 아닌 소리는
허공에 오선지가 되어 논다

양악 밭에 놀다 국악을 만나

개안開眼을 해버렸다
정녕 이것이었구나 얼씨구

틀이란 틀은 다 버거워

수제천을 시작으로
허튼가락으로 놀다
영산회상으로 달려감은 어떨까

어화둥둥 내 사랑도
빠질 수 없지

젊은 시인

일흔다섯의
시인이 있다
관절로 불편한 다리를 모시듯 끌며 다닌다

때묻지 않은 감성으로
속삭이듯 말하는 그녀는

간혹 글을 발표할 때

꼭 이십대의 발랄하고 해맑은 사진을 붙인다
챙 넓은 모자 아래 햇살처럼 웃는

새물내 폴 폴 풍기는 입성처럼
그녀가 간직하고 싶은
젊은 마음이
시詩다

천 리 향

세월 흘러 무너진 흙담
낡은 함석집 꽃밭 되었네

고샅을 나고 들며
심은 갖가지 화초들

꽃밭 가운데 의연하게 선 천리향
바닥에 붙은 생명 질긴 채송화

저희끼리
의논좋게
양보하며
어울리며
세월 엮어간다

아침이면 나비물 뿌려 정 붙이던 어머니
'천리향을 보아라 향이 천리를 간다는구나'

지는 겨울자락에 천리향 꽃필 무렵이면
온 집안에 퍼지던 향긋한 냄새

지난했던 시절 짙은 청록색 잎에
잘디잔 자주꽃 달고
어머니 사랑받던 꽃
어머니의 위로가 되었던 꽃

천 리 향

친구는 바느질을 하고

아! 청춘은 나를 두고 갔지만
서리 내린 머리 얹고 나 아직 여기 있다

있는 듯 없는 듯 언 듯 선 듯 살 붙이고
살았던 세월 꿈만 같아라

도를 닦듯
감치고 공그리며 휘갑을 치고 상침을 뜨며
무수한 낮과 밤을 지새며
몰두했다

몸 둘 마음 둘 같아도
서로간에 그리는 정까지 없었을까

내 마음 미처 알지 못한 사이
서둘러 마음 접고
이별을 재촉하지나 않았는지

시간의 너울에 맡기면
망각이 이불 되어 덮을 일을
가슴 한구석 멍울 키웠나

더불어 행복했던 순간들
꿈인 듯 생시인 듯 만나
말없이 서로를 본다

무슨 말부터 꺼낼까
부끄러움 깨물며 슬며시 손 잡아볼까
은밀한 밀어 허공에서 첫날밤이 된다

오늘도 허리 펴는 순간이면
언뜻
현관문 여는 소리 같아 귀를 세운다

한때 잘나가던 사내

눈 한 번 마주치지 못하고
돌아선 면회길
애타는 마음 울음 되어
무정한 봄햇살에 어지럽게 날린다

나 두고 제발 떠나지 마라
숨만 쉬어도 살아만 있어다오

한결같이 오가는 길
살았다고도 죽었다고도
할 수 없는 길

처진 어깨 움찔하며
맥없이 흐르는 맑은 콧물 들이켠다

엘리베이터 타고 수직 상승하여
푸른 도깨비불 같은 숫자
퐁퐁 눌러 '철커덕' 문을 딴다

의자도 책도 책상도
주뼛주뼛 숨죽여 쳐다본다
아침에 벗어둔 바지
헐렁한 모습으로 그대로 누워 있다

아 – 무도 없구나

허기진 듯 쓰린 듯하여
뭘 먹을까 하다
심호흡만 한다

살살 눈치보며 바짓가랑이 사이
돌며 물 듯 말 듯하는 초비
제 풀에 무장 풀고 누워버린다

아 – 무도 없구나

닦아도 표 없는 육신에

하려는 시세계를 서정적抒情的으로 리리컬하게 전개시키고
있다는 점이다. 시비부터 우선 넘겨보자. 삶의 전쟁터를
방불케하는 아비규환의 서울 한복판에 봄꽃이 웬말이더
냐. 시인 김경옥은 붓을 들었다.

종로와 세종로가 만나는
대로변 손바닥 같은 자투리 땅
싱싱한 후리지아 세 박스 놓였다

'두 묶음에 삼천원'
박스 옆구리에 지익직 돌아가며 썼다
봄볕에 까맣게 찌든 사내
싸게 봄을 팔고 섰다

가로세로 열십자로
지나가는 사람들
무심하니
향기만
코 벌름거리며 간다

수염 깎고 코털 잊어버린다
계절 모르고 옷 입다
쿨럭거리며 미간에 주름 세운다

바람처럼 공기처럼 체온처럼
함께했던 그녀는 없고
초라한 노인 홀로 앉아
아스라한 도심의 사람들 쳐다본다

잔사설 없으니 밥맛도 모르겠고
삶은 의욕이 없다
그것이 사랑이고
행복인 줄 몰랐다

정녕, 그녀가 없구나

하늘나라 반쯤 간 듯한 고층아파트
어이하여 날아든 나비 한 마리

똑, 똑, 똑 창문을 두드리며
날개를 퍼덕인다

오늘도 숨만 쉬어라 그리고 나 두고
제발 떠나지 마라

노인의 눈에는 일에 빠져 그녀를
외롭게 했던 지난 세월 아프게 지나간다

시의 반어적 수사법 추구

홍윤기

일본 센슈대학 대학원 국문학과 문학박사
일본 리쓰메이칸대학 대학원 사학과 초빙교수

오늘날 한국시단은 소재의 빈곤으로 허덕이고 있다. 모름지기 새로운 시의 발굴이 크게 기대되고 있는 터에 김경옥 시집의 작품들과 마주쳤다. 동시에 이 사람은 김경옥 시인의 현대시에의 새로운 실험 정신과 조우하므로써 그 점, 높이 사주고 싶어졌다. 김경옥 시인은 근래 보기 드물게 독자를 압도하는 빼어난 메타포의 두드러진 테크닉을 보여주고 있다. 그것은 시인이 불가항력적인 우리의 고도 산업화 사회에서의 엉클어진 다목적 사업이 빚어낸 역사적 족적을 문명비평의 시각에서 정신적으로 구원

'나 좀 데려가 줘'

푸짐한 노랑 후리지아

얼른 한 묶음 사서 얼굴에 댄다

아! 달콤한 봄 냄새 죽인다

— 「후리지아」

　여기서는 '후리지아'가 현대시의 새로운 오브제가 아니라 "봄볕에 까맣게 찌든 사내"가 그 주체다. 청년 실업 사태의 한 전형인 주인공이 "싸게 봄을 팔고" 있는 것은 과연 [봄]이더냐. 이제 시인은 "얼른 한 묶음 사서 얼굴에 댄다/아! 달콤한 봄 냄새 죽인다"는 것. 이것은 시인이 추구할 수 있는 리리컬한 오늘의 가슴 시린 '릴리프[救援]'다. 이렇듯 시인은 일종의 사회시[社會詩]로서의 다채로운 인간 삶의 콘텐츠를 심미적 방법으로 이미지화시키는 독특한 솜씨가 독자로 하여금 자못 흐뭇함을 느끼게 하고 신선함을 불러일으킨다. 20세기의 가장 다재다능했던 마지막 프랑스 시인 장 콕토는 한 마리의 뱀을 가리키며 "뱀, 너무 길다"고 했다. 시인 장 콕토를 연상하면서 이 사람은 김경옥 시집에서 손에 잡히는 대로 다시금 다음 작품으로 넘어가기로 했다.

늦은 아침 인왕산 길

느닷없이 운무 속에 낮달이 떴다

해를 찾으니 없다

낮인가 밤인가

나무도 사람도 얼핏 설핏

나타났다 잠겼다 한다

멀리 서울 탑은 공중부양한 채 탑신만 떴다

잡힐 듯 말 듯 안산도 안개 속에 숨죽이고

해골바위 선바위 거느리고

서울 성곽만 기세 좋게

인왕산을 기어오르는데

해가 된 낮달

낮달이 된 해

해를 달로 착각하고 한동안 서성인다

— 「낮달」

"해가 된 낮달/낮달이 된 해"라는 서울 한복판의 안개 아니 '스모그'. 못된 바람은 '동남풍'이라더니 스모그는 몽고에서만 날아온다고들 애꿎게 아우성친다. 서울 한복판을 가득 메운 저 메커니즘의 자동차 떼. '쇠똥 냄새'가 과연 구린 것인가, 아니면 배기가스가 구린 것인가. "나무도 사람도 얼핏 설핏/나타났다 잠겼다 한다//멀리 서울 탑은 공중부양한 채 탑신만 떴다/잡힐 듯 말 듯 안산도 안개 속에 숨죽이고" 있는 우리들의 21세기 엉망진창된 현주소. 김경옥 시인은 원죄原罪의 현장에서 우리 모두가 스스로 파괴시킨 햇빛과 달빛을 가슴 아파하며 이 한 권의 시집으로 고발하고 있다. 아니, 그것은 우리가 뜨거운 손으로 빚어낸 문명의 이기 앞에서의 구원에의 방법론을 추구하고 있는 것이다. 그럼 어디로 찾아갈 것인가.

진관사는
굽이굽이 역사를 품은 사찰이다
집현전의 독서당이 되기도 했다

가끔, 그곳을 찾는다
북한산의 위용은 어쩌나

장엄하고 경쾌한지 잡사가 티끌로 변한다

절은 산에 기대어

경내는 정갈하고 안온하여

잠시 의지처가 된다

계곡 옥수는 굽이마다 머문

흔적으로 푸른 이끼를 토하며

담긴 손을 간지럼 태우며 흐른다

깔끔한 절 옆구리에 붙은 쇠락한 보현다실

올망졸망 다기들이 꿈을 엮고

멋대로 심겨진 이름 모를 풀꽃들

허름한 다실이 생명을 얻고 있다

문짝 귀 맞지 않은 작은 협실도

서두를 것 없어 좋았다

투박스런 찻상에 놓인 인심 후한 차

리처드 기어가 아들, 스님과 찍은 사진이

소박한 액자에 담겨 희미한

그늘처럼 웃고 섰다

흰 눈 내리는 날

홀로 앉아 대추차 홀짝이며

무쇠 난로에 장작 탁탁 튀는 소리

자글자글 물 끓는 소리

머리도 하얗게 비워지던 순간들

화창한 봄날이나 낙엽 아름다운 가을이면

절도 다실도 손님 치느라 헉헉

가쁜 숨 몰아쉰다

모처럼 다실을 찾았다

이게 어쩐 일이람

온 경내가 공사 중이다

산도 절도 얼이 빠졌다

다실은 흔적도 없이 헐렸다

역사의 증거 된 해묵은 나무들

가차 없이 비어져 마른 눈물 날리며

그곳은 없어지고 있었다

아

이 찻집에 꼭 데려온다 조카에게 자랑했는데

뭐라 말해야 하나

−「없어져가는 것들에 대하여」

　북한산 끝자락 불광동 골짜구니의 진관사 찾아간 시
인. 그의 예리한 시각은 '삶'이라는 삶에 불가결한 양식에
다 인간의 생명을 가탁하여 오늘의 치열하고 혼탁한 삶
과 그 아픔의 진실을 '찻잔'에 담아 초자아超自我의 시세계
에로 형성시켜본다. "모처럼 다실을 찾았다/이게 어쩐 일
이람//온 경내가 공사 중이다/산도 절도 얼이 빠졌다/다실
은 흔적도 없이 헐렸다//역사의 증거 된 해묵은 나무들/
가차 없이 비어져 마른 눈물 날리며/그곳은 없어지고 있
었다//아/이 찻집에 꼭 데려온다 조카에게 자랑했는데/뭐
라 말해야 하나." 어쩌면 이 현장은 지구 위에 산다는 인
간 존재에 매달려 허덕이는 우리들 하나 하나 자아의 트
레디지라는 실존적 페노미나의 그런 현상은 아니런가 가
상해본다. 시인 김경옥은 이미지의 새롭고 다채로운 표현

216

을 통한 삶의 아픔과 그 심오한 진실을 서정적으로 두드
러지게 메타포하고 있어 매우 주목되는 시인이라는 것을
거듭 느끼며 다음 작품을 펼쳐본다.

가을 끝자락 형해만 남은
풀무덤

마른 덤불처럼 힘없이
바스라질 것 같은

봄 오는 소리 듣고 서서히 잠 깨어
초록물이 벙그레진다

사이사이 마른 잎줄기 속으로 힘차게
봄이 오른다

마른 풀 없애지 마라
겨울 위해 온전히 몸과 마음 비운 그를
죽었다 하지도 마라

　　　　　　　　　　　　－「마른 풀 없애지 마라」

시인에게 중요한 것은 시정신이다. 시인은 일상에서 그냥 넘겨버릴 수 있는 것을 소홀히 하지 않는 진지성이 있어야 한다. 시인은 보잘것없는 것까지 성실하게 탐색해가는 과정을 필요로 해야 한다. 그래서 시인은 먼지 속에서도 우주를 캐는 사람이라고 하지 않았던가. 일반적으로 식물 중에서 흔한 마른 풀은 존재 가치가 없다고 생각한다. 마른 풀이 봄이 되면 무성하게 자라 산을 지키고 숲의 주인임을 아예 생각조차 하지 않고 눈에 보이는 풍성한 나무와 아름다운 숲만 사람들의 눈에 들어온다. 풍성한 것의 밑거름이 된 것이 마른 풀인데도 불구하고. 김경옥 시인은 노장자老莊者의 철학에서 쓸모없음의 유용성을 발견하고, 쓸모없다고 생각하는 것에 가치를 부여하고 죽은 것 같은 것에 생명을 불어넣는 구원자救援者이다.

김경옥 시인은 자연과 인간의 삶의 궤적을 동일 현상으로 보고 있다. 아무 쓸모없게 보이는 마른 풀이 땅에서 온전히 썩어야 봄에 푸른 나무와 푸른 숲을 만드는 양분이 된다. 숲은 가뭄에 물을 저장하는 탱크 역할을 하고 홍수를 막아내는 일을 한다. 성경에 예수 그리스도도 한 알의 밀이 온전히 썩어야 많은 열매를 맺을 수 있다고 갈파했듯이 힘없고 바스라질 것 같은 마른 덤불이 썩어야

봄에 푸른 숲을 무성하게 만들 수 있는 것이다. 바로 이
것이 자연의 순환질서이다. 사람도 마찬가지다. 요즘 늙어
바스라질 것 같은 힘없는 노인들의 경시현상이 팽배해 있
는 데다 노인들은 존재가치가 전혀 없는 잉여인간으로 취
급받고 있다고 해도 과언이 아니다. 마른 풀 같은 노인들
도 젊음의 때가 있었고 노인들의 후손이 오늘의 젊은이들
아닌가. 김경옥 시인은 쓸모없음에 대한 쓸모있음을 심안
心眼으로 메타포한 위대한 발견자다.

김경옥 시인은 사유하는 시인이다. 눈으로 보이는 것이
전부인 양 떠드는 세상을 향하여 '마른 풀 없애지 마라'라
고 정신이 번쩍 들도록 강하게 메시지를 던지고 있는 것
에 시인으로서 역할을 충실히 해내고 있다.

시인의 세상을 향한 목소리가 무엇을 의미하는지 다음
작품을 들어본다.

어두일미라지만
횟감에는 머리를 쓰지 않는다

다만 장식일 뿐
넓은 바다 푸른 물을 위아래 휘저어 다니며

플랑크톤부터 새우, 고등어, 명태, 전갱이

모조리 작살내며 눈 부라리고 항시 입 벌리고 다니던 포식자

그도 어느 날

휘이익–

한 방의 낚시에 코가 꿰였다

할랑할랑 아가미로 숨 쉬며 두 눈 홉떠보지만

누구 겁내는 놈 없다

숫돌에 허옇게 갈린 회칼이 등줄기를 스칠 때

눈은 멀어버렸고, 자랑인 갑옷 껍질

저밀 때 아예 맥을 놓아버렸다

머리, 꼬리 두고 뼈 사이사이 살점 놓칠세라

후벼 파듯 발라서 얇게 포 떠 비늘처럼

날 세워 머리 밑부터 꼬리 앞까지

줄을 세웠다

꼬리가 '퍼드득'

사람들은 군침을 삼키며 진저리를 친다

상추에 깻잎 깔고 살 몇 점 얹어

초장, 된장, 고추냉이 간장에 듬뿍 찍어

생마늘, 풋고추 얹어 싸서

아구아구 벌린 입

미어지게 처넣는다

그의 살은

어금니 방아로 산산 떡이 되어

목젖을 타고 넘어간다

어생魚生은 촐랑대다가 한 방에 척살되어

남의 살이 된다

―「촐랑대다 아작난다」

「촐랑대다 아작난다」를 대하며 문득 떠오른 것이 프랑스 시인 폴 발레리(1871~1945)의 말이었다. "시에서 첫행은 신神이 써주고 둘째 행부터는 시인 스스로가 쓴다"는 말. 천재 시인 발레리의 명언대로라면 「촐랑대다 아작난다」에서 "어두일미라지만"은 신의 것이고, "횟감에는 머리를 쓰지 않는다"는 화자의 것 같다. 신은 김경옥 시인에게 '어두일미'라는 인스피레이션[靈感]을 안겨주었고, 화자는 즉시 "아구아구 벌린 입/미어지게 처넣는다//그의 살은/어금니 방아로 산산 떡이 되어/목젖을 타고 넘어간다/어생魚生은 촐랑대다가 한 방에 척살되어/남의 살이 된다"고 끝내 화답하며 그의 시세계를 구축하게 되었다고 본다. 따지고 볼 것도 없이 이런 시를 쓰는 시인은 하늘이 내리는 존재다. 인간 정신의 모든 사상事象을 고찰의 대상으로 삼아 서구 문화에다 최상의 표현을 부여했던 시인 폴 발레리처럼. 엄밀한 사유와 견고한 구성을 바탕으로 음악적이며 건축적 해조諧調를 이룬 김경옥의 시 「촐랑대다 아작 난다」의 건축 구조적이며 주지적 발자취에는 폴 발레리의 경우처럼 이탈리아의 위대한 예술가 레오나르도 다빈치(1452~1519)의 「방법 서설」이 깔리는 것 같기도 하다. 신神은 시인에게 참으로 인간다운 '삶의 진실' 파악이라는 가장 숭고한 고품도의 인스피레이션을 안겨주었고, 화자는 즉시 화답하며 그의 시세계를 숭고하게 구축하게 되었다고 본다. 여기서 말하는 신은 뮤즈[시신詩神]이다.

그들은 모두 어디로 갔을까

은물담뱃대 드리우고 여유 부렸던

그들은 어디로 갔을까

호화로운 생활 찻잔에 새겨

홀짝거리며 미인을 희롱하던

그들은 어디로 갔을까

남남이 되어 가면을 쓰고

서로를 속였던

그들은 어디로 갔을까

묵은 와인과 테킬라를 높이 들며

또 다른 도륙의 땅을 꿈꾸었던

그들은 어디로 갔을까

식민지 태양신에게 열십자 내리꽂으며

자신들의 신을 강요했던

그들은 어디로 갔을까

한 방 가득 금을 바치고도 죽음을 당했던

잉카의 황제 아타우알파는 밀림 어딘가에

원귀 되어 떠돌고 있을까

달의 눈물로 온갖 장식품을 만들던

신의 손은 아직도

이어져 오고 있는가

흙에 햇볕 섞어 빚은 질박한

토기들의 사랑은 아직도

귀 기울이면 들릴 듯하다

화려한 색실로 트라헤 티피코에

한 땀 한 땀 정성을 들이며

인디오들은 옷의 운명을 짐작이나 했을까

모두 어디로 가고 흔적만 시공을 표박하여

먼 동양의 끄트머리에 닻을 내렸는가

공들여 닦고 광내어 그들이 오면

곧장 파티가 열리고

왁자지껄 사람 소리 준비된 이곳은

마야와 아즈텍 그리고 잉카의

문화가 파에야 되어

사프란 향내 바람에 실리고

묵은 종을 매단 앙그러진

숲 속 교회는 모든 애증을 삭이며 지난 일을

어르고 달래며 섰더라

인디오의 후손 라칸돈들이

부르는 그들의 아름답고 슬픈 노래가

해거름까지 머뭇거리며 떠나지 못하고

고요가 깃든 저녁

젊은 연인들은 머리 맞대고 잉카의

파편을 미끼 삼아

사랑을 낚시질하고 있더라

－「중남미 문화원」

　　지구 위에서 어쩌면 가장 숭고한 인간의 손으로 만든
최고의 문명의 상징적인 존재가 잉카제국인지도 모른다.

세계 문화유산으로 존숭되어오는 15세기 잉카제국의 위대한 유산 '미추픽추'로부터 다시금 약 1천 미터 위로 솟아 있는 표고 3천 4백 미터 고공의 수도. 1983년부터 '쿠스코'와 그 시가지도 세계유산이 되었다. 안데스문명 계통에서의 선주민 국가였던 잉카제국은 거대한 석축인 돌 건축문화의 그 정밀한 고도의 산업 기술이며 토기와 직물 등 유물이며 도로망 등 오늘의 인류가 뒤늦게 발견하여 허둥지둥 존숭하고 있는 것도 같다.

김경옥 시인은 "묵은 와인과 테킬라를 높이 들며/또 다른 도륙의 땅을 꿈꾸었던/그들은 어디로 갔을까//식민지 태양신에게 열십자 내리꽂으며/자신들의 신을 강요했던/그들은 어디로 갔을까"라고 읊으며 스페인 침략자 '피사로' 형제의 죄악사를 독자로 하여금 처절하게 연상시킨다. 이른바 허울 좋은 정복자 콘키스타도르들은 1527년에 잉카제국에 침범, 황금에 눈멀어 무자비한 피의 약탈을 자행하였기에 "한 방 가득 금을 바치고도 죽음을 당했던/잉카의 황제 아타우알파는 밀림 어딘가에/원귀 되어 떠돌고 있을까"라고 탄식한다. 여류 시인의 이 애절한 외침은 단지 잉카제국에만 그치지 않고 인류사의 침략의 발톱들을 리얼하게 각성시킨다.

김경옥 시의 반어적 수사법 동원은 날카롭고도 설득력을 강력하게 발휘하고 있다. 시작법에는 어떤 규정된 특정한 룰도 따로 있을 수 없다. 한 시인이 새롭게 써내면 그것은 곧 새로운 시적 방법론이다. 성패 여부는 한국시문학사가 뒷날 가려줄 것이다. 물론 시인에게 리스폰시빌리티는 따르는 것. 김경옥 시인의 이번 시집에서 손에 잡히는 대로라기보다는 각기 캐릭터리스틱이 빼어난 특징적인 작품들을 살펴보며 서투르나마 무딘 붓끝으로 각각 품평해보았다. 앞으로의 더욱 눈부신 시의 파워 스트럭튜어 형성에 힘써주시길 당부드린다.

없어져가는 것들에 대하여

초판 1쇄 펴낸 날 2015. 4. 24

지은이 　김경옥
발행인 　양진호
발행처 　도서출판 인문서원
임프린트 도서출판 책드락

등 록 　2013년 5월 21일(제2014-000039호)
주 소 　(121-894) 서울시 마포구 양화로 56 동양한강트레벨 718호
전 화 　(02) 338-5951~2
팩 스 　(02) 338-5953
이메일 　inmunbook@hanmail.net

ISBN 　979-11-952090-9-5 (03810)

이 도서의 국립중앙도서관 출판예정도서목록(CIP)은 서지정보유통지원시스템 홈페
이지(http://seoji.nl.go.kr)와 국가자료공동목록시스템(http://www.nl.go.kr/kolis-
net)에서 이용하실 수 있습니다. (CIP제어번호 : CIP2015009817)

수염 깎고 코털 잊어버린다
계절 모르고 옷 입다
쿨럭거리며 미간에 주름 세운다

바람처럼 공기처럼 체온처럼
함께했던 그녀는 없고
초라한 노인 홀로 앉아
아스라한 도심의 사람들 쳐다본다

잔사설 없으니 밥맛도 모르겠고
삶은 의욕이 없다
그것이 사랑이고
행복인 줄 몰랐다

정녕, 그녀가 없구나

하늘나라 반쯤 간 듯한 고층아파트
어이하여 날아든 나비 한 마리

똑, 똑, 똑 창문을 두드리며
날개를 퍼덕인다

오늘도 숨만 쉬어라 그리고 나 두고
제발 떠나지 마라

노인의 눈에는 일에 빠져 그녀를
외롭게 했던 지난 세월 아프게 지나간다

시의 반어적 수사법 추구

홍윤기

일본 센슈대학 대학원 국문학과 문학박사

일본 리쓰메이칸대학 대학원 사학과 초빙교수

오늘날 한국시단은 소재의 빈곤으로 허덕이고 있다. 모름지기 새로운 시의 발굴이 크게 기대되고 있는 터에 김경옥 시집의 작품들과 마주쳤다. 동시에 이 사람은 김경옥 시인의 현대시에의 새로운 실험 정신과 조우하므로써 그 점, 높이 사주고 싶어졌다. 김경옥 시인은 근래 보기 드물게 독자를 압도하는 빼어난 메타포의 두드러진 테크닉을 보여주고 있다. 그것은 시인이 불가항력적인 우리의 고도 산업화 사회에서의 엉클어진 다목적 사업이 빚어낸 역사적 족적을 문명비평의 시각에서 정신적으로 구원

하려는 시세계를 서정적抒情的으로 리리컬하게 전개시키고 있다는 점이다. 시비부터 우선 넘겨보자. 삶의 전쟁터를 방불케하는 아비규환의 서울 한복판에 봄꽃이 웬말이더냐. 시인 김경옥은 붓을 들었다.

종로와 세종로가 만나는
대로변 손바닥 같은 자투리 땅
싱싱한 후리지아 세 박스 놓였다

'두 묶음에 삼천원'
박스 옆구리에 지익직 돌아가며 썼다
봄볕에 까맣게 찌든 사내
싸게 봄을 팔고 섰다

가로세로 열십자로
지나가는 사람들
무심하니
향기만
코 벌름거리며 간다